LES GRANDS CLASSIQUES ILLUSTRÉS

L'ÉTRANGE CAS DU Dr JEKYLL ET DE M. HYDE

Robert Louis Stevenson

**Adaptation de
Mitsu Yamamoto**

**Illustrations de
Pablo Marcos Studio**

Traduit de l'anglais par Suzanne Geoffrion

D0596065

ÉDITIONS ABC

DIVISION PAYETTE & SIMMS INC.

LES GRANDS CLASSIQUES ILLUSTRÉS

collection dirigée par
Malvina G. Vogel

Données de catalogage avant publication (Canada)

Stevenson, Robert Louis,1850-1894

L'étrange cas du Dr. Jekyll et de M. Hyde

(Les Grands classiques illustrés)
Traduction de : The strange case of Dr. Jekyll and Mr. Hyde.
Pour les jeunes de 9 à 12 ans.

ISBN 2-89495-024-1

1. Yamamoto, Mitsu. II. Geoffrion, Suzanne. III. Titre. IV. Collection.

PR5485.A4G46 1997   j823'.8   C97-941163-7

Couverture © MCMXC
Texte et illustrations © MCMXC

Playmore Inc., Publishers et
Waldman Publishing Corp.,
New York, N. Y.

Version française
© Éditions ABC
Tous droits réservés

Dépôts légaux : 3e trimestre 1997
Bibliothèque nationale du Québec
Bibliothèque nationale du Canada

ISBN : 2-89495-024-1

Imprimé au Canada

ÉDITIONS ABC
Division Payette & Simms Inc.
Saint-Lambert (Québec) J4R 1K5
CANADA

Table des matières

Robert Louis Stevenson

Un mot sur l'auteur

Robert Louis Stevenson est né à Édimbourg, en Écosse, en 1850. C'était un enfant de constitution frêle, qui a fortement été influencé par les réprimandes de son père et par les histoires d'horreur que lui racontait son infirmière.

Ayant refusé de poursuivre la tradition familiale et d'exercer la profession d'ingénieur, Stevenson avait choisi d'étudier le Droit à l'université d'Édimbourg. Mais il eut tôt fait d'abandonner ses études pour se tourner vers l'écriture, mieux adaptée à sa santé fragile.

Après avoir épousé une Américaine, Stevenson voyagea partout dans le monde avec sa femme dévouée, à la recherche d'un climat plus favorable à sa santé chancelante. Pendant ce temps, il poursuivait son œuvre. De 1883 à 1887, il a écrit ses quatre plus grands et plus longs romans : *L'Île au trésor*, *La Flèche noire*, *L'Étrange Cas du Dr Jekyll et de M. Hyde* et *Le Naufrageur* ainsi que son fameux recueil de poèmes, *Jardin de poèmes pour enfants*.

L'Étrange Cas du Dr Jekyll et de M. Hyde est né d'un cauchemar. À son réveil, il décida de le mettre sur papier. En trois jours seulement, il avait écrit sa première ébauche. Il souhaitait faire de ce récit non seulement un roman à suspense, mais aussi une étude sur le bien et le mal, qui tourmentent l'homme tout au long de sa vie.

En compagnie de sa famille, Robert Louis Stevenson a passé la dernière année de sa vie sur l'archipel des Samoa, dans le Sud du Pacifique, où il a continué à écrire jusqu'à sa mort en 1894, à l'âge de quarante-quatre ans.

Les personnages du roman

Dr Henry Jekyll, *un docteur en médecine et un scientifique*

Edward Hyde, *le mystérieux ami du Dr Jekyll et son héritier*

Gabriel John Utterson, *un vieil ami du Dr Jekyll et un notaire*

Hastie Lanyon, *un ami d'enfance du Dr Jekyll et son médecin*

Poole, *le domestique du Dr Jekyll*

Richard Enfield, *le jeune cousin de M. Utterson*

Inspecteur Newcomen, *un détective de Scotland Yard*

Guest, *le premier clerc*

Sir Danvers Carew, *un membre du Parlement*

Sarah, *la bonne*

L'offre d'un cocher

Chapitre 1

Une enfant dans la nuit

Par un dimanche matin ensoleillé, deux hommes bien vêtus s'apprêtaient à traverser la rue. Il s'agissait de M. Gabriel John Utterson, notaire de son état, et de son jeune cousin, Richard Enfield. Un élégant fiacre s'arrêta près d'eux ; le cocher se pencha tout en agitant son fouet.

— Bonjour, messieurs, s'écria-t-il un sourire plein d'espoir. Je parie que vous êtes en route pour l'église en ce beau dimanche. Je vous y amènerai en un clin d'œil !

M. Utterson ne parlait jamais à moins que ce ne soit important. Il fronça simplement les sourcils et le renvoya d'un signe de la main.

Richard, quant à lui, souria amicalement à ce dernier et secoua la tête.

— Non merci, mon brave homme, nous prenons une marche, comme nous le faisons tous les dimanches. C'est comme ça que l'on arrive à voir des choses intéressantes à Londres.

Ils traversèrent plusieurs rues et se retrouvèrent bientôt dans un quartier commerçant. Alors qu'ils marchaient lentement le long d'une rue où s'alignaient des boutiques, M. Utterson s'arrêta pour admirer une vitrine attrayante.

Soudain, Richard tira sur sa manche et lui dit d'un ton empreint de sérieux :

— Cousin, vous voyez cette porte de l'autre côté de la rue ? Elle me rappelle une bien étrange histoire.

M. Utterson regarda la porte abîmée par les intempéries que lui montrait Richard. Elle appartenait à un bâtiment à deux étages qui était entouré de nombreux autres serrés autour d'une cour. Comme il n'y avait pas de fenêtre sur la devanture de la maison, elle sembla désertée et quelque peu sinistre.

Une porte abîmée par les intempéries

Dr JEKYLL ET M. HYDE

Le ton de voix normalement indifférent de M. Utterson se teinta alors de curiosité.

— Vraiment, et quelle histoire? demanda-t-il.

Richard revint vers la façade de la boutique et parla à voix basse.

— Je rentrais chez moi par une sombre nuit hivernale. La rue était éclairée, mais personne ne s'y promenait. La ville entière dormait et je n'entendais que mes pas. Pas très loin d'ici, alors que je m'approchais d'une intersection, j'aperçus soudain deux personnes. La première était une fillette qui descendait à toute allure une artère transversale et l'autre, un petit homme qui marchait d'un bon pas le long d'une rue parallèle. Je voyais qu'ils allaient inévitablement entrer en collision au croisement, mais je ne pouvais rien faire. Le tout s'est déroulé très rapidement. Ils se sont violemment heurtés et la fillette est tombée sur le sol. Elle criait de douleur. Je suis accouru vers eux pour leur offrir mon aide.

Richard était tellement pris par son histoire

Collision au coin de la rue

qu'il n'avait pas remarqué que son cousin semblait quelque peu effrayé en l'écoutant. S'il s'en était rendu compte, il en aurait été si stupéfait qu'il en aurait arrêté de parler, car Gabriel John Utterson manifestait rarement ses émotions, même devant ses nombreux amis.

Richard parlait maintenant plus rapidement et ses yeux lançaient des éclairs.

— Le choc avait coupé le souffle à l'homme quelques instants. Mais, plutôt que de prendre la fillette dans ses bras, il – et vous trouverez cela difficile à croire, cher cousin, mais je vous jure que c'est vrai — s'est mis à piétiner la fillette. Il n'arrêtait pas de la frapper avec ses pieds! Les cris de la fillette étaient effroyables. Je courus à toute vitesse vers l'homme et le saisit au collet. Il me lança un regard satanique et, pendant un instant, je me suis demandé si cet homme était un humain ou un animal!

« Il s'est mis à piétiner la fillette ! »

Elle a eu plus de peur que de mal.

Chapitre 2

La «maison du chantage»

— Cet ... cet inquiétant personnage s'est-il battu avec vous? demanda Utterson.

— Non, répondit Richard. Il avait l'air parfaitement calme et n'offrit aucune résistance alors que je le ramenais vers l'enfant. À ce moment-là, la gamine avait, par ses cris, ameuté tout un groupe, dont ses parents, qui habitaient à deux pas de là. Bientôt apparut le docteur que la fillette était justement allée chercher pour sa mère malade. De l'avis de ce dernier, elle avait eu plus de peur que de mal. Pendant tout ce temps, je tenais toujours fermement l'homme, bien qu'il était si répugnant, que je détestais le toucher. Je pouvais voir que les autres l'avaient aussi en horreur, à cause de son apparence et de ce qu'il avait fait. Même le docteur, qui avait pourtant l'habitude de voir des choses terribles, s'éloignait de lui.

— Pourquoi? Était-il infirme?, demandait M. Utterson. Avait-il des cicatrices dans le visage?

— Non, dit Richard en secouant la tête, mais il dégageait une impression de difformité. D'une part, il ressemblait à tout le monde mais, d'autre part, il avait un je ne sais quoi d'inhumain. Il y avait quelque chose d'étrange et de détestable dans son apparence. Je ne puis être plus précis que cela. Son attitude était sans aucun doute démoniaque; il suscitait la haine.

— Et la porte? Vous aviez dit que la porte de l'autre côté de la rue était au centre de votre aventure, lui rappela le notaire, qui avait l'habitude de ramener les gens au fait.

— Oui, j'y arrive, expliqua Richard. Cet incident nous avait tellement choqués que nous l'avons menacé de noircir son nom dans toute la ville de Londres en décrivant son geste. L'homme

« Je tenais fermement l'homme. »

finit par perdre un peu de son calme. Il devint légèrement apeuré, bien qu'il tentât de le camoufler. Finalement, il offrit de l'argent à la famille de la fillette. Quelques livres seulement au départ. Mais nous avons exigé cent livres sterling en échange de notre silence. Bien sûr, il n'avait pas sur lui une telle somme d'argent. C'est alors qu'il nous emmenât, le père de la fillette, le docteur et moi-même, devant cette porte. Il sortit une clé de sa poche et entra. Lorsqu'il revint, il était muni de dix livres en or et d'un chèque pour la différence. Mais c'est ici, cher cousin, que réside le mystère de cette histoire, car le chèque était signé par un homme fort connu. Je ne mentionnerai pas son nom, car il est important dans sa profession et très réputé pour ses bonnes œuvres. Bien sûr, nous doutions de l'authenticité du chèque. Mais cet homme nous répondit qu'il ne nous quitterait pas avant l'ouverture de la banque le matin et que c'est lui, en personne, qui toucherait le chèque.

Le visage de M. Utterson était triste lorsqu'il se détourna de son cousin et dit :

Dix livres en or et un chèque

Dr JEKYLL ET M. HYDE

— Le chèque était bon, j'en suis sûr.

— Oui, répondit Richard avec empressement. J'y arrivais. Puisqu'il était tôt, j'ai ramené tout le monde à mon appartement. Au matin, je leur ai servi le petit déjeuner et nous nous sommes rendus tous ensemble à la banque. Le chèque a été encaissé sans aucune objection et l'homme a calmement remis l'argent au père de la fillette comme s'il donnait cent livres tous les jours. Mais puisqu'il ne s'agissait pas de son argent, qu'est-ce que ça pouvait bien lui faire ? C'est pourquoi j'ai baptisé cette maison de l'autre côté de la rue la « maison du chantage ». Cette porte doit être l'entrée d'une des pièces de la maison de cet important citoyen que je n'ose nommer. Bref, il doit le faire chanter !

Sur cette note triomphante, Richard cessa de parler et les deux hommes terminèrent leur balade. Toutefois, M. Utterson n'avait pas fini de discuter de ce sujet.

— Avez-vous tenté de savoir pourquoi on faisait chanter le signataire du chèque ? demanda-t-il, feignant un ton indifférent.

Il remet l'argent au père de la fillette.

— Non, dit Richard. Je ne voulais pas en connaître davantage. Par hasard, je suis tombé sur l'adresse de cet homme important dans le journal. Elle se trouve dans un square quelque part dans cette région même. Si cette porte mène à un passage à l'adresse que j'ai lue, je ne souhaite pas le savoir. Les bâtiments qui entourent la cour sont si tassés les uns contre les autres qu'il est difficile de dire où l'un finit et où l'autre commence. Non, si cet homme est coupable et qu'il le cache, qu'il paye pour que l'on taise son secret, alors je ne suis certainement pas celui qui tentera de lui extirper.

Richard manifesta son approbation par un signe de tête. Utterson n'avait pas encore terminé.

— Vous êtes bien sûr que le maître chanteur s'est servi d'une clé?, demanda-t-il, avec l'attitude d'un homme de loi.

— Cousin, je vous ai dit que si, répondit Richard, surpris que l'on doute de lui. En fait, je suis passé par ici la semaine dernière et je l'ai aperçu en train d'ouvrir de nouveau la porte

Ils parlent tout en marchant.

avec la clé. Il possède une clé, ne vous y trompez pas.

Utterson poussa un profond soupir.

— Richard, n'êtes-vous pas surpris que je ne vous demande pas le nom du signataire du chèque?

— Oui, je le suis, admit le jeune homme. Je serais rongé par la curiosité si j'étais vous. Je suppose qu'en vieillissant, on évite les surprises. Est-ce ça?

Utterson secoua la tête.

— Non, je ne vous demande pas son nom parce que je le connais déjà.

— Vous le connaissez? dit Richard en s'arrêtant brusquement.

Utterson avait continué à marcher et s'était maintenant arrêté pour regarder derrière lui, faisant signe à Richard de le rejoindre.

— Oui, j'ai bien peur que si. Votre décision de ne pas approfondir l'histoire est sage. Mais peut-être cette bonne intention de ne pas vous mêler de la vie des autres devrait-elle vous inciter également à ne pas raconter de potins,

M. Utterson connaît le signataire
du chèque.

comme vous l'avez fait aujourd'hui.

Richard rougit.

— Vous avez raison, bien sûr. Je parle trop. Bien, je promets de ne plus jamais évoquer cette histoire. Cela vous convient-il?

Le notaire sourit affectueusement à son jeune cousin.

— Oui, mais il y a une chose. Avant que vous ne teniez votre promesse, pourriez-vous répondre à une dernière question concernant l'incident?

— Pour vous, certainement.

Par un effort de volonté, Utterson empêcha sa voix de trembler et demanda :

— Connaissez-vous le nom de l'homme qui est entré par cette porte avec une clé et qui piétina l'enfant?

— Certainement, répondit Richard. Il nous a déclaré s'appeler M. Hyde.

M. Hyde!

Utterson prend le testament du Dr Jekyll dans son coffre-fort.

Chapitre 3

Le testament du Dr Jekyll

Normalement, M. Utterson était de bonne humeur après sa promenade dominicale avec son cousin. Il appréciait la nature gaie du jeune homme ainsi que ses opinions rafraîchissantes. Mais ce soir-là, Utterson était d'humeur sombre. Il mangea son souper sans le moindre entrain, à un point tel que sa cuisinière se demanda si elle n'avait pas assez fait cuire le bœuf!

Aussitôt que la table fut desservie, le notaire prit une bougie et entra dans son cabinet. Il ouvrit son coffre-fort et en sortit un document dont l'enveloppe portait cette inscription: *Testament du Dr Jekyll*. Le document était de la main du respecté docteur lui-même, car

Dr JEKYLL ET M. HYDE

Utterson avait refusé de laisser le clerc le rédiger. Il avait été trop choqué par son contenu lorsque Jekyll l'avait approché mais par amitié, il avait consenti à être le gardien du testament et à le présenter devant le tribunal, le cas échéant.

En soupirant, le notaire mit ses lunettes et s'assit pour lire de nouveau le mystérieux contenu du testament sur lequel avait tant insisté Jekyll. La première partie pourrait, à la limite, être acceptable, car un notaire ne peut dicter à son client à qui ce dernier doit léguer son argent. Cette partie stipulait que, en cas de décès du Dr Jekyll, tous ses biens passeraient aux mains de «son ami et bienfaiteur, Edward Hyde».

Cependant, M. Utterson ne comprenait pas la deuxième partie du testament. Elle précisait que, en cas de «disparition du docteur ou d'une absence inexplicable excédant le délai de trois mois», Edward Hyde hériterait du Dr Jekyll sans autre formalité, hormis le paiement de quelques petites sommes aux domestiques du docteur.

**Utterson fait la lecture du document
mystérieux.**

Dr JEKYLL ET M. HYDE

Utterson n'avait jamais entendu parler de telles dispositions et pratiquait le droit depuis près de quarante ans! Ce soir-là, il sentit son fardeau s'alourdir en lisant les pages familières du testament: il avait en effet appris des choses sur le caractère d'Edward Hyde. Auparavant, Hyde ne représentait qu'un nom dans le testament. Mais à présent, il était devenu un être vivant... un monstre! M. Utterson remit le testament dans le coffre-fort, souhaitant pouvoir modifier la bizarre disposition qu'avait incluse le Dr Jekyll.

— Disparition, vraiment! marmonna le notaire. L'idée de Richard qu'il pouvait s'agir de chantage lui vint en tête, et il se demanda si cela pouvait être vrai. Y aurait-il un scandale en vue pour Henry Jekyll qui le forcerait à disparaître? se demanda-t-il. Puisque Jekyll était un vieil ami ainsi qu'un client, Utterson était bouleversé par l'histoire que lui avait racontée Richard ce matin-là. M. Lanyon pourrait peut-être éclairer le comportement d'Henry, décida-t-il.

Un nouveau fardeau

Dr JEKYLL ET M. HYDE

Hastie Lanyon avait été le troisième membre de leur trio au collège : Jekyll, Lanyon et Utterson, des colocataires et amis intimes. Lanyon était devenu un docteur célèbre.

Utterson souffla sa bougie et demanda à un domestique de lui apporter son pardessus. Puis, il partit en direction de Cavendish Square, là où se trouvait la grande maison du Dr Lanyon.

Le Dr Lanyon était seul à table avec son verre de vin. Il était ravi de voir Utterson et l'accueillit avec grand enthousiasme. Cette vivacité aurait normalement dû irriter un homme tranquille comme M. Utterson, mais ils étaient amis depuis si longtemps que cet homme de médecine cordial aux cheveux blancs était la personne que M. Utterson préférait et en qui il avait le plus confiance. Le notaire accepta le verre de vin que lui offrait son ami et s'assit sur une confortable chaise.

— Je suppose, Lanyon, que vous et moi sommes les deux plus anciens amis d'Henry Jekyll, commença Utterson.

— Cela ne nous rajeunit guère, répondit le

Un accueil chaleureux

docteur avec un petit rire. Mais où voulez-vous en venir? Vous savez que je le vois très peu maintenant.

— Vraiment! Je pensais que vous travailliez en collaboration.

— Nous l'avons fait mais, depuis environ dix ans, Henry Jekyll est devenu trop bizarre pour moi; il s'est mis à divaguer, à divaguer grandement.

Utterson dégusta son vin, se sentant toujours mal à l'aise.

— Que voulez-vous dire par bizarre? demanda-t-il.

Le docteur avait soudain perdu sa bonne humeur.

— Les hérésies scientifiques qu'il professe, explose-t-il. Aucune amitié ne pourrait endurer cela.

Utterson fut soulagé. Il pensa: «Ils ne sont pas d'accord sur quelque théorie scientifique. Aucune raison personnelle n'a motivé le conflit entre Lanyon et Jekyll...» Mais, souhaitant s'assurer de sa conclusion, Utterson attendit que

Lanyon et Utterson en train de discuter
de Henri Jekyll.

Dr JEKYLL ET M. HYDE

Lanyon ait pris un peu plus de vin pour recouvrer son sang-froid, et il posa la question qui faisait l'objet de sa visite.

— N'avez-vous jamais rencontré un des protégés du Dr Jekyll, un certain M. Hyde?

— Hyde? répéta Lanyon. Non, je n'ai jamais entendu parler de cet homme.

Utterson était en quelque sorte rassuré du fait que Lanyon n'avait pas eu vent d'un scandale. Alors, il finit son verre de vin et partit. Il ne se doutait guère que c'était la dernière fois qu'il voyait son vieil ami Lanyon en santé, souriant et capable de lui souhaiter gaiement une bonne nuit.

Lanyon lui souhaite gaiement une bonne nuit.

Une série de rêves

Chapitre 4

M. Hyde et M. Seek

Au retour de sa visite chez le Dr Lanyon, M. Utterson ne dormit pas bien. Il s'agita dans son lit jusqu'à trois heures du matin. Lorsqu'il s'endormit finalement, il rêva et gémit. Il apercevait d'innombrables réverbères, une fillette en train de courir, un homme marchant très rapidement, la collision des deux personnages, l'enfant gisant sur le sol et le pied de l'homme sur le point de lui écraser le bras. De nouvelles images succédèrent à celles-ci : Henry Jekyll endormi dans sa vaste chambre somptueuse, une main aux ongles cassés et sales tirant les rideaux du lit, un homme obligeant le Dr Jekyll, assis à son bureau et revêtu de son peignoir, à faire un chèque de quatre-vingt-dix livres.

L'homme dans ses rêves hanta le notaire toute la nuit et toute la journée. Toutefois, M. Utterson n'arrivait pas à reconnaître le visage de l'homme, bien qu'il sache que c'était Edward Hyde.

Lorsqu'il se réveilla le matin, alors que les cauchemars le troublaient toujours, M. Utterson prit une décision. Il décida de voir M. Hyde en personne.

« Les mystères s'éclaircissent généralement lorsque vous connaissez les faits, se disait Utterson en élaborant son plan. Donc, si je remplace le fantôme de M. Hyde par le vrai M. Hyde, je pourrai peut-être comprendre le testament du Dr Jekyll. De plus, je suis extrêmement curieux de voir le visage de cet homme qui a suscité une si grande haine chez mon cousin et qui n'éprouve aucune pitié pour les enfants... »

À partir de ce matin-là, M. Utterson prit l'habitude de passer dans la rue de la « maison

Une autre série de rêves

du chantage» lorsqu'il pouvait se libérer de son travail. Il s'attardait près de la porte abîmée, tôt le matin, le soir, après le souper, et tard la nuit. Avec un sourire désabusé, il disait: «Si lui s'appelle M. Hyde, eh bien moi, je serai M. Seek».

Finalement, sa patience fut récompensée. C'était par une belle nuit d'hiver. Il gelait. Les boutiques près de la «maison du chantage» étaient fermées, et le notaire était la seule personne dans la petite rue. Un peu avant dix heures, Utterson entendit un bruit de pas insolite et léger. Un frisson dans le dos lui laissa entendre que l'homme qu'il recherchait s'approchait de lui. Il se plaça donc en retrait dans la cour, près de la porte, juste au moment où un homme simplement vêtu traversait la rue, s'arrêtait à la porte et tirait une clé.

Utterson sortie de l'obscurité et cria:

— M. Hyde, n'est-ce pas?

Utterson se transforme en M. Seek.

Utterson se présente à Hyde.

Chapitre 5

Le maître chanteur se tournera-t-il vers le meurtre?

Hyde recula d'un pas et sa respiration se fit sifflante. Sa crainte ne dura cependant qu'un instant et il répondit avec assez de calme:

— Lui-même! Que me voulez-vous? Il évitait de montrer son visage au notaire, mais il le scrutait du coin de l'œil.

— J'ai vu que vous alliez rentrer, répondit Utterson. Je suis un vieil ami du Dr Jekyll. Vous avez certainement entendu parler de moi: M. Utterson, le notaire. J'allais visiter le docteur, et j'ai pensé que vous pourriez me conduire chez lui.

Dr JEKYLL ET M. HYDE

— Le Dr Jekyll n'est pas à la maison. Comment m'avez-vous reconnu? demanda-t-il, toujours sans regarder son interlocuteur.

— Faites-moi une faveur, suggéra Utterson. Je vous répondrai si vous me montrez votre figure.

Hyde hésita. Puis il se retourna et dévisagea Utterson avec un air de défi.

Les deux hommes s'affrontèrent des yeux pendant quelques secondes avant que ne parle Utterson.

— Maintenant, je vous reconnaîtrai, dit-il. Cela peut être utile.

— Oui, rétorqua Hyde, cela peut être utile et il vaut mieux que nous nous soyons rencontrés. À propos, laissez-moi vous donner mon adresse. Et il lui donna le numéro d'une rue dans le quartier de Soho.

«Seigneur Dieu!» se dit M. Utterson, aurait-il, lui aussi, pensé au testament? Cependant, il garda ses réflexions pour lui-même et hocha la tête pour lui signifier qu'il avait noté l'adresse.

Un air de défi !

Dr JEKYLL ET M. HYDE

— Et maintenant, dit M. Hyde, comment m'avez-vous reconnu ?

— Des amis communs vous avaient décrit.

— Des amis communs, s'enquit M. Hyde d'une voix sourde. Qui sont-ils ?

— Le Dr Jekyll, par exemple.

— Il ne vous a jamais parlé de moi ! s'écria Hyde, pris d'un accès de colère. Je ne pensais pas que vous me mentiez.

— Allons, lui dit M. Utterson doucement, ce ne sont pas des façons de parler !

Hyde répondit par un grognement qui se transforma en rire sauvage. L'instant d'après, avec une rapidité extraordinaire, il avait ouvert la porte et était disparu dans la maison.

Utterson resta un moment immobile après que M. Hyde l'eut quitté, incarnant l'image même de la confusion et de l'insatisfaction. Puis il se retourna et repartit lentement vers le haut de la rue, se rappelant la scène de nouveau. Hyde était pâle et minuscule. Il donnait une impression de difformité sans qu'on puisse voir en lui la moindre malformation. Il avait

Hyde disparaît dans la maison.

un sourire déplaisant et un comportement déroutant, car il était à la fois timide et effronté. De plus, il avait une voix voilée, chuintante et quelque peu cassée. Cependant, rien de tout cela ne pouvait expliquer cette impression d'aversion et de peur qu'il inspira à Utterson.

— C'est Satan en personne! s'écria M. Utterson dans la nuit. Et c'est l'homme qu'Henry Jekyll a choisi comme ami et héritier.

En tournant le coin, M. Utterson arriva sur une place bordée de belles maisons anciennes. La plupart étaient à présent délabrées et divisées en petits appartements ou chambres loués à prix modique. L'une de ces maisons, toutefois, la seconde à partir du coin de la rue, était encore occupée entièrement par son propriétaire. Elle donnait une impression de prospérité et de confort. Bien que seule une veilleuse brilla, M. Utterson cogna à la porte. Un domestique âgé et bien vêtu lui ouvrit.

— Bonsoir, Poole! dit le notaire, le Dr Jekyll est-il chez lui?

— Je vais voir, monsieur, dit Poole tout en

« Le Dʳ Jekyll est-il chez lui ? »

ouvrant la porte pour le faire entrer dans un immense vestibule. La pièce contenait de somptueux meubles de chêne et était recouverte d'un moelleux tapis rouge foncé.

— Voulez-vous attendre près du feu ou désirez-vous que je vous allume une lampe dans la salle à manger ? demanda Poole en se dirigeant vers l'âtre où brûlait un feu vif.

— J'attendrai ici, merci, dit le notaire.

Utterson alla se réchauffer près du feu jusqu'à ce que Poole vienne lui annoncer que le Dr Jekyll était sorti. Utterson se sentit soulagé, mais eut honte de son soulagement.

— J'ai vu M. Hyde entrer par la porte de l'ancienne salle de dissection, Poole. Est-ce normal lorsque le Dr Jekyll n'est pas chez lui ? lui demanda-t-il, mine de rien.

— Tout à fait, monsieur, répondit le domestique, M. Hyde a la clé.

— Votre maître semble avoir grande confiance en ce jeune homme, poursuivit le notaire, faisant de son commentaire une question.

— En effet, monsieur, dit Poole. Nous avons

Utterson se réchauffe près du feu.

tous l'ordre de lui obéir.

Utterson se tourna vers la porte et lui dit, après coup :

— Je ne me souviens pas d'avoir rencontré M. Hyde ici à aucun des excellents soupers du Dr Jekyll.

Poole fut choqué.

— Oh ! mon Dieu non, monsieur. Il ne soupe jamais ici. En vérité, il ne vient que rarement dans cette partie de la maison ; la plupart du temps, il entre et sort par le laboratoire.

— Je vois. Eh bien, bonne nuit, Poole.

— Bonne nuit, M. Utterson.

Et le notaire prit le chemin du retour le cœur très lourd. «Pauvre Henry Jekyll, pensa-t-il. J'ai bien peur qu'il ne s'enfonce dans l'abîme. Il était aventureux étant jeune, mais il y a bien longtemps de cela. Les péchés qu'il a pu commettre à cette époque auraient dû lui être pardonnés et devraient être oubliés. Mais quelqu'un semble avoir déterré un secret et, je le crains, le fait chanter.»

Alors Utterson réfléchit et se dit que Hyde

Utterson questionne Poole sur M. Hyde.

devait, lui aussi, avoir des péchés secrets, anciens et nouveaux, bien qu'il soit jeune. Il en avait un au moins, que M. Utterson connaissait grâce à son cousin Richard : le chantage. Mais, il craignait qu'un crime bien pire ne se prépare : le meurtre !

«Le Dr Jekyll est en grave danger, pensait Utterson. Car, supposons que cette créature soupçonne l'existence du testament, dans son impatience d'hériter, elle pourrait provoquer le décès du Dr Jekyll...»

Utterson entra dans sa propre demeure avec une nouvelle résolution : il rencontrerait Henry Jekyll. Il ne laisserait pas un tel malheur atteindre l'un de ses plus anciens amis sans rien faire pour l'empêcher. Non, il insisterait auprès de Jekyll pour le tirer d'affaire. Et ensemble, ils briseraient l'emprise qu'avait ce Hyde sur le docteur.

Utterson craint un crime pire : le meurtre !

Un dîner chez le Dr Jekyll

Chapitre 6

La promesse de M. Utterson

Quelques jours plus tard, par une heureuse coïncidence, Utterson fut invité à souper chez Henry Jekyll. Il y avait cinq autres convives et la conversation fût fort animée et intelligente. Tous apprécièrent l'excellent repas et le bon vin que leur servit le Dr Jekyll.

Après le départ des autres, Utterson resta. Ils en avaient tous les deux pris l'habitude après de tels soupers. Il était plaisant de s'asseoir près du feu et de bavarder doucement après cette agitation. Ce soir-là, Utterson avait attentivement examiné Henry Jekyll, mais n'avait perçu aucun changement chez l'homme qu'il connaissait depuis plusieurs années.

Dr JEKYLL ET M. HYDE

Le Dr Jekyll, bien qu'il ait été un ami intime d'Utterson et de M. Lanyon à l'école, était plus jeune qu'eux, car il était un prodige et était très avancé dans ses études. Même maintenant, cet homme corpulent, bien bâti et au visage lisse paraissait plus jeune que ses cinquante ans. Il avait une expression de bonté et quelque chose de rusé dans le regard. Mais à présent, son visage n'exprimait que la satisfaction et l'affection tandis qu'il se versait un autre verre de vin en se reposant dans un fauteuil confortable.

En s'éclaircissant la voix, M. Utterson commença :

— Jekyll, je voulais vous parler à propos de votre testament.

Fronçant les sourcils, car ce sujet ne lui plaisait guère, le docteur répondit tout de même avec bonne humeur :

— Mon cher Utterson, comme je vous plains de m'avoir comme client ! Ce testament vous met au désespoir. Si cela peut vous consoler, j'ai vu Lanyon plus exaspéré à cause de mes

Une conversation après le dîner

hérésies scientifiques, mon désaccord avec les idées reçues. Inutile de froncer les sourcils. Je sais que c'est un homme bon, mais c'est l'homme le plus ignorant et le plus têtu que j'aie jamais connu. Jamais personne ne m'a déçu autant que Lanyon.

Utterson refusait de changer de sujet.

— Vous savez, Jekyll, que je n'ai jamais approuvé votre testament. Je vous le dis depuis le début.

— Oui, bien sûr que je le sais, dit Jekyll, avec quelque impatience. Vous ne cessez de me le répéter.

— Eh bien, je vais me répéter encore, poursuivit le notaire, car j'ai appris des choses abominables au sujet du jeune Hyde.

Le large et beau visage du Dr Jekyll pâlit, ses lèvres devinrent livides. Une ombre assombrit son regard.

— Je ne tiens pas à en entendre plus sur ce sujet, dit-il fermement et froidement.

— Mais... commença Utterson.

— Non, peu importe ce que vous avez en-

Jekyll tente de changer de sujet.

tendu, répondit Jekyll en colère. Je ne changerai pas de position. Cela suffit !

— Je veux vous aider, répondit Utterson calmement. Vous savez que je suis un homme digne de confiance. Ouvrez-moi votre cœur et je ne doute point de pouvoir vous aider.

Avec effort, Jekyll reprit son sang-froid.

— Mon cher ami, vous êtes très bon ! Je me fierais à vous plus qu'à tout autre, oui, moi-même y compris, si c'était en mon pouvoir ; mais en vérité, ce n'est pas ce que vous croyez. Pour que vous ayez l'esprit tranquille, je vous dirai une chose : lorsque je le déciderai, je pourrai me débarrasser de M. Hyde. Je vous en donne ma parole, et vous remercie encore.

— Je suis certain que vous avez raison, dit Utterson en soupirant. Il se fait tard maintenant et je dois rentrer à la maison, poursuivit-il en se levant.

D'un geste de la main, Jekyll l'arrêta.

— Il y a une dernière chose dont j'aimerais discuter avec vous avant que nous n'abordions plus jamais cette question, dit Jekyll. Je m'in-

«Je veux vous aider.»

téresse vraiment beaucoup à ce pauvre Hyde. Il m'a dit qu'il vous avait vu, et j'ai peur qu'il ne se soit montré impoli. Mais, mon vieil ami, j'aimerais que vous me promettiez une chose.

— Quoi?

— Si je venais à disparaître, le défendriez-vous, en dépit de ses manières, et feriez-vous en sorte qu'il obtienne ce que je souhaite qu'il ait? Vous le feriez, j'en suis convaincu, si vous saviez tout.

— Je ne peux prétendre que je l'aimerai, dit le notaire.

— Ce n'est pas ce que je vous demande, plaida Jekyll, en posant la main sur le bras de son ami. Je ne vous demande pour lui que la justice; je vous demande seulement de l'aider par amitié pour moi... lorsque je ne serai plus là.

— C'est bien, je vous le promets, dit Utterson, le visage triste, en acquiesçant d'un signe de la tête.

« Aidez-le par amitié pour moi. »

On réveille M. Utterson à l'aube.

Chapitre 7

Le témoin du meurtre

Un an était passé sans incidents et M. Utterson s'était réprimandé de nombreuses fois pour s'être alarmé au sujet de M. Hyde et du Dr Jekyll. Donc, la visite de l'inspecteur Newcomen choqua M. Utterson, plus que s'il avait passé l'année à attendre une mauvaise nouvelle concernant Jekyll.

Un matin, à l'aube, le domestique de M. Utterson le réveilla, lui annonçant la visite d'un détective de Scotland Yard qui souhaitait lui parler le plus rapidement possible.

Le notaire se vêtit rapidement et se précipita dans l'escalier pour savoir ce que voulait le détective.

Dr JEKYLL ET M. HYDE

Lorsqu'il entra dans le petit salon, là où le domestique avait demandé aux agents d'attendre, il fut surpris de voir une jeune femme inconnue, vêtue d'un uniforme de bonne et assise sur l'une de ses chaises antiques, en train de pleurer. Un policier se tenait debout derrière elle, tandis que l'homme de Scotland Yard, l'inspecteur Newcomen, écrivait dans son petit carnet de notes. L'inspecteur s'était excusé auprès de M. Utterson pour son intrusion et pour s'être présenté si tôt le matin. Puis, il amena le notaire dans un coin afin de lui expliquer les circonstances de sa visite et l'identité de la jeune femme.

— Un crime terrible a été commis il y a quelques heures, dit l'inspecteur. Cette femme est une bonne et elle est le seul témoin du meurtre. Nous croyons que vous pouvez nous aider, et je souhaite donc qu'elle vous raconte elle-même les détails du crime. Bien sûr, vous devrez vous montrer indulgent envers elle, car elle est encore ébranlée par la scène.

Utterson acquiesça d'un signe de tête, et ils

Le seul témoin du crime

retournèrent se joindre aux autres. La femme essuya ses yeux, lesquels étaient grands et bleus. Elle semblait plus intimidée par l'élégante maison que par les policiers autour d'elle, car elle s'était recroquevillée dans le coûteux fauteuil de M. Utterson plutôt que de s'y asseoir et ne toucha pas les bras polis.

— À présent, Sarah, dit sèchement l'inspecteur, voici M. Utterson et il est prêt à entendre votre histoire. Cessez de pleurer, je vous prie.

Bien que ses yeux se soient de nouveau remplis de larmes, Sarah refoula ses pleurs et dit :

— Oui monsieur, j'essayerai, monsieur. J'ai terminé mes tâches et je suis montée dans ma chambre vers onze heures. Puis, alors que j'étais assise à la fenêtre et que je contemplais la lune, j'ai aperçu un beau vieillard se dirigeant vers...

— Vous regardiez la lune ? dit Utterson en l'interrompant.

— Oui monsieur. Le fleuve est situé non loin d'ici et la lune est très belle lorsqu'elle se reflète

Sarah est assise à la fenêtre.

dans celui-ci. C'est comme une image dans les contes que j'avais l'habitude de lire à l'école, répondit Sarah en rougissant.

— Allez, continuez. Vous avez vu la victime s'approcher... reprit l'inspecteur en faisant claquer ses doigts impatiemment.

Sarah acquiesça d'un signe de tête et quelques larmes coulèrent de ses yeux.

— Il semblait si bien, et je pouvais deviner qu'il s'agissait d'un homme généreux par la manière dont il avait sourit à M. Hyde.

— M. Hyde! s'exclama M. Utterson.

— Oui, c'était bel et bien M. Hyde, dit Sarah. Je le connais, car il a l'habitude de visiter mon maître et aucun des domestiques ne l'aime. Il a l'air méchant et a mauvais caractère. Nous tentons tous de l'éviter.

L'inspecteur avait maintenant décidé d'intervenir, car l'histoire devenait confuse. Il expliqua au notaire que les deux hommes s'étaient rencontrés par hasard de l'autre côté de la rue d'où Sarah regardait par la fenêtre. L'homme plus âgé semblait s'enquérir de son

Deux hommes se sont rencontrés dans la rue.

chemin, car il pointait le doigt vers une direction en inclinant la tête poliment. Le deuxième homme était M. Hyde. L'inspecteur ordonna à Sarah de poursuivre son histoire.

— M. Hyde ne lui a pas répondu, j'en suis certaine. Il brandissait sa grosse canne et semblait faire signe au vieil homme de s'en aller. Il frappa du pied, comme s'il était pris d'un accès de colère. Eh bien, monsieur, le vieil homme fut surpris et fit un pas en arrière. Je crois qu'il avait peur. Moi, du moins, j'avais peur et j'étais pourtant à l'abri à l'intérieur de la maison. Aussitôt qu'il recula, M. Hyde sauta sur lui! Il leva sa canne et le frappa violemment à la tête. Il le frappa sans arrêt. Lorsque le vieillard tomba par terre, M. Hyde le frappa de nouveau. Puis, il sauta sur lui et le piétina, tout comme le font les gorilles au jardin zoologique. C'est à ce moment que je perdis connaissance.

— Elle s'est évanouie, expliqua l'inspecteur. Il était deux heures du matin lorsqu'elle revint à elle et qu'elle appela la police. M. Hyde était parti, bien sûr, mais sa victime gisait là, au

« Il le piétina. »

beau milieu de la rue, morte et horriblement mutilée. On a retrouvé la moitié inférieure de la canne dans le caniveau, où elle avait roulé. Elle était brisée, bien qu'elle ait été faite d'un bois extrêmement dur et lourd. Le meurtrier a sans doute emporté l'autre moitié.

Utterson ressentit un tremblement dans ses jambes et s'assit rapidement. Craignant la réponse, il demanda néanmoins :

— Qui était la victime ?

— Nous ne le savons pas, répondit l'inspecteur. C'est pourquoi nous sommes venus vous voir. Le vieil homme transportait un porte-monnaie et une montre en or, mais on n'a retrouvé ni pièces d'identité ni papiers. Toutefois, il y avait dans sa poche une lettre cachetée et timbrée qui vous était adressée. Il était sûrement à la recherche d'une boîte à lettres et avait demandé à Hyde où il y en avait une.

Utterson retrouva son calme et accompagna le groupe au poste de police où on l'amena dans la cellule où se trouvait le corps de la victime, recouvert d'un drap de prison rugueux.

Une lettre adressée à M. Utterson.

Dr JEKYLL ET M. HYDE

Lorsqu'on retira le drap du visage, M. Utterson eut le souffle coupé.

— Il s'agit de Sir Danvers Carew. C'était un membre du Parlement et mon client.

— Grand Dieu, monsieur ! s'exclama l'inspecteur. Cela va faire beaucoup de bruit ! Heureusement que nous connaissons le nom du meurtrier. Maintenant, tout ce qu'il nous reste à faire, c'est de le retrouver.

Utterson cessa de regarder le corps.

— Je crois que je peux vous aider, dit-il. S'il s'agit du M. Hyde que je connais, j'ai son adresse.

Utterson identifie la victime.

Une canne familière

Chapitre 8

Où se trouve M. Hyde ?

Avant de quitter le poste de police, l'inspecteur montra à M. Utterson l'arme du crime : la canne brisée, retrouvée dans le caniveau près du corps. Le notaire n'eut plus le moindre doute que le Hyde qu'il connaissait était impliqué dans le meurtre, car il avait reconnu la canne dont il avait lui-même fait cadeau à Henry Jekyll des années auparavant.

L'inspecteur appela un fiacre et le notaire donna les indications pour se rendre dans une rue de Soho, ce sinistre quartier de Londres, refuge des criminels et des meurtriers. C'était le matin et le premier brouillard de la saison assombrissait Londres. Le fiacre ne pouvait avancer que grâce aux rares percées de lumière. Utterson tremblait en apercevant l'étrange population de Soho au travers les assauts du vent.

Le cocher les laissa en face d'une maison de chambres dans une rue sale, où des enfants en guenilles étaient blottis sous les porches et des adultes de toutes nationalités marchaient comme s'ils étaient ivres. D'un côté de la rue, il y avait un débit de boissons et de l'autre côté, un restaurant bon marché dont les odeurs auraient dû repousser les clients.

Utterson et l'inspecteur montèrent les marches en ruines de la maison de chambres de Hyde. Utterson se sentait légèrement étourdi

«Alors, voici la demeure du meilleur ami d'Henry Jekyll, la maison de l'héritier d'un quart de million de livres,» se dit Utterson.

La patronne, furieuse d'avoir été dérangée jurait en ouvrant la porte. Lorsqu'elle aperçut les deux hommes, elle se fabriqua un faux sourire de bienvenue.

L'inspecteur prit la situation en main, demandant où se trouvait Hyde, mais la patronne

Le fiacre arrive dans le dangereux quartier
de Soho.

lui dit qu'il était sorti.

— Il est rentré très tard hier soir, monsieur, et est ressorti peu de temps après, expliqua-t-elle. Mais il n'y a là rien d'étrange, ses habitudes étant des plus imprévisibles. Elle donna les renseignements sans hésiter, mais grogna lorsque l'inspecteur lui demanda de les laisser entrer dans la chambre de M. Hyde.

C'est là que M. Utterson prit la parole pour la première fois.

— Je ferais mieux de vous dire qui est ce monsieur qui m'accompagne. C'est l'inspecteur Newcomen, de Scotland Yard.

Une joie hideuse illumina le visage de la femme.

— Ah! fit-elle, Hyde a des ennuis! Qu'a-t-il fait?

Les deux hommes ne répondirent pas et échangèrent un regard.

— On dirait qu'il n'est guère populaire, observa l'inspecteur Newcomen.

Sachant maintenant qui étaient les visiteurs, la femme les laissa entrer dans les pièces

La patronne leur donne les renseignements
sans hésiter.

Dr JEKYLL ET M. HYDE

qu'occupaient M. Hyde.

Une surprise les attendait, car les pièces étaient meublées de façon luxueuse et avec goût. Il y avait un placard rempli de bouteilles de vin ; la vaisselle était en argent, les nappes et les serviettes élégantes et le tapis moelleux. Les nombreux tableaux qui s'y trouvaient auraient certainement convenu au goût de M. Utterson. Il se demanda si les tableaux étaient un cadeau de Jekyll, qui était amateur d'art.

Cependant, l'appartement semblait avoir été saccagé ; des tiroirs étaient ouverts, des vêtements jonchaient le sol et dans l'âtre gisait un tas de cendres grises, comme si on avait brûlé une grande quantité de documents.

L'inspecteur entreprit son enquête. Des cendres, il retira le talon d'un carnet de chèques vert, à moitié brûlé. Il découvrit l'autre morceau de la canne — l'arme du meurtre — derrière la porte. Cela confirma le fait que M. Hyde était bien l'homme recherché.

L'inspecteur et M. Utterson se rendirent à la banque dont le nom était écrit sur le chéquier à

Un chéquier carbonisé et une canne brisée

demi-carbonisé. Là, ils trouvèrent plusieurs milliers de livres dans le compte de M. Hyde. L'inspecteur devint alors de bonne humeur et confiant.

— À présent, dit-il à Utterson, nous le tenons presque. Il a été pris de panique, sinon il n'aurait jamais fait brûler son chéquier et oublié la canne. Tôt ou tard, il viendra retirer de l'argent de son compte. Nous distribuerons des photographies de lui, et la banque nous avertira lorsqu'il viendra.

Cette confiance n'était hélas pas justifiée. Il n'y avait pas de photographie de M. Hyde et on ne trouva aucune trace de sa famille.

Un artiste tenta en vain de dessiner le portrait de Hyde à partir des descriptions de la patronne, de Sarah et de quelques autres personnes. Comme c'est souvent le cas, leurs descriptions étaient très différentes les unes des autres. Ils ne s'entendaient que sur un point : tous étaient hantés par l'impression de difformité, sans qu'elle ne paraisse. Mais cela ne put aider l'artiste.

Scotland Yard redoubla d'efforts pour retrouver Edward Hyde, le meurtrier de Sir Danvers Carew.

Un artiste tente de dessiner le portrait.

Poole amène Utterson de l'autre côté
de la cour.

Chapitre 9

La lettre

L'après-midi était déjà fort avancé en ce jour du meurtre de Sir Danvers Carew lorsque M. Utterson put enfin se libérer de l'inspecteur et de tous les détails légaux concernant la mort de son client. Le notaire se rendit à la résidence du Dr Jekyll, où Poole l'accueillit et lui fit traverser la maison, puis une cour.

Utterson se souvint que l'ancien propriétaire était un célèbre chirurgien, qui donnait des cours dans son laboratoire et dans la salle de dissection. C'est vers ces pièces que Poole amenait maintenant le notaire. Jadis, cette cour avait été un jardin, fort différent de l'espace vide et lugubre qu'il était maintenant devenu.

Dr JEKYLL ET M. HYDE

Lorsqu'ils atteignirent le laboratoire et la salle de dissection, le notaire réalisa qu'il n'était jamais venu dans cette partie de la demeure du Dr Jekyll. Il examina avec curiosité les tables chargées d'instruments de chimie, le plancher encombré de caisses et jonché de paille d'emballage. Quelques marches menaient au cabinet du Dr Jekyll.

Poole cogna, puis ouvrit la porte. C'était une vaste pièce d'où l'on voyait la cour par trois fenêtres poussiéreuses et garnies de barreaux de fer. Les meubles étaient habituels pour le cabinet d'un médecin, mis à part un grand miroir sur pied situé dans un coin.

Comme le brouillard recouvrait toujours la ville de Londres, des lampes avaient été allumées. Un feu brûlait dans l'âtre et là, tout près du foyer, était assis le Dr Jekyll. Il avait l'air extrêmement malade et ne se leva pas pour accueillir M. Utterson. Il lui tendit une main glacée et lui souhaita la bienvenue d'une voix méconnaissable, comme s'il avait de la difficulté à parler.

La porte menant au cabinet de Jekyll.

Dr JEKYLL ET M. HYDE

Dès que Poole les eut quittés, Utterson lui demanda :

— Vous avez entendu la nouvelle ?

— Les vendeurs de journaux la criaient sur la place, dit le Dr Jekyll en frissonnant.

Utterson prit un air d'homme d'affaires pour que ses propos soient entendus comme s'ils venaient d'un notaire et non d'un ami.

— Carew était un de mes clients, tout comme vous. Et comme j'aime savoir ce que je fais, dites-moi si, oui ou non, vous avez commis la folie de cacher cet individu ?

« Utterson, je jure devant Dieu, s'écria le docteur, que jamais plus je ne verrai cet individu. Je vous donne ma parole d'honneur que j'en ai fini avec lui en ce bas monde ! Tout est fini, croyez-moi. » Jekyll s'était levé et se tenait maintenant devant Utterson, agitant ses mains dans les airs.

— D'ailleurs, il est en sécurité et n'a pas besoin de mon aide. Vous ne le connaissez pas comme je le connais. Vous pouvez me croire, on n'entendra plus jamais parler de lui.

Jekyll a entendu la nouvelle.

Dr JEKYLL ET M. HYDE

Le notaire écoutait d'un air sombre. Il n'aimait pas les yeux fiévreux du Dr Jekyll.

— Vous semblez bien sûr de lui, dit-il lentement. Je souhaite, pour votre sécurité, que vous ayez raison. En cas de procès, votre nom pourrait être cité. Ce serait scandaleux.

— Oui, oui, je suis certain qu'il est parti, s'exclama Jekyll. J'ai pour cela des raisons que je ne puis partager avec qui que ce soit.

Il fit une pause et poursuivit d'un ton plus calme.

— Il y a cependant une chose sur laquelle vous pouvez me conseiller. J'ai reçu une lettre et je ne sais pas si je dois la montrer à la police.

Le visage normalement impassible de M. Utterson prit alors une expression intéressée.

— De Hyde? dit-il.

Jekyll acquiesça d'un signe de tête.

— Vous craignez sans doute que cette lettre ne le fasse découvrir?

— Non, répondit le Dr Jekyll calmement. Je ne peux dire que je me soucie de ce qu'il adviendra de Hyde. C'est à ma réputation que je

«Je suis certain qu'il est parti.»

pensais. C'est pourquoi j'aimerais vous la montrer. J'ai confiance en votre jugement et je sais que vous agirez avec sagesse.

Utterson songea à la question. L'égoïsme de Jekyll le surprenait et, en même temps, le soulageait.

— Eh bien, dit-il enfin, montrez-moi cette lettre.

La lettre était rédigée d'une étrange écriture, toute droite, et signée «Edward Hyde». Elle était brève et disait que le Dr Jekyll, bienfaiteur du signataire, envers lequel lui, Edward Hyde, avait si mal agi, n'avait plus besoin de craindre pour sa sécurité, car il avait un moyen pour s'échapper dans lequel il avait une confiance absolue.

Utterson sembla soulagé par la lettre. Ce n'était pas la lettre d'un maître chanteur adressée à sa victime. D'un ton calme, il demanda:

— Où est l'enveloppe?

— Je l'ai brûlée avant de réaliser que je n'aurais pas dû le faire. Mais il n'y avait pas de

Une lettre d'Edward Hyde

timbre, car elle avait été livrée par un messager.

— Eh bien, laissez-moi emporter la lettre pour y réfléchir, dit Utterson.

— Merci, merci! dit Jekyll avec soulagement. Je souhaite que vous preniez toutes les décisions à ma place. J'ai perdu toute confiance en moi-même.

— Dites-moi quelque chose, dit le notaire, en reprenant un ton tranchant. C'est Hyde qui a dicté les termes concernant cette disparition dans votre testament, n'est-ce pas?

Le docteur pâlit et sembla sur le point de s'évanouir. Puis, les lèvres serrées, il hocha la tête.

— J'en étais sûr! dit Utterson. Il voulait vous assassiner. Vous l'avez échappé belle.

— Mieux encore, répondit Jekyll d'un ton solennel, j'ai reçu une belle leçon. Oh! mon Dieu, Utterson, quelle leçon! Ce disant, Jekyll se couvrit le visage de ses mains.

Lorsque Jekyll se calma, Utterson lui tapa l'épaule en guise d'encouragement et quitta le

«Oh, mon Dieu, quelle leçon!»

cabinet en empruntant le chemin par lequel il était entré. Il ne souhaitait pas utiliser la porte abîmée du laboratoire, bien qu'elle soit la sortie la plus proche, car c'était cette porte qu'il avait surveillée pendant plusieurs nuits, espérant voir Hyde y entrer avec sa clé.

Poole tint la porte avant ouverte pour le départ du notaire et lui dit:

— Bon après-midi, M. Utterson.

Utterson se retourna vers Poole.

— On a livré une lettre ici aujourd'hui. Dites-moi, Poole, à quoi ressemblait le messager?

— Non, monsieur, vous vous trompez, dit Poole en secouant la tête. Je m'occupe personnellement de tout le courrier. Dans celui d'aujourd'hui, il n'y avait que des circulaires. Et aucune lettre n'a été livrée par messager. J'en suis certain.

Aucune lettre n'a été livrée.

Utterson choisit un bon vin.

Chapitre 10

Une comparaison des écritures

En revenant lentement vers sa demeure, M. Utterson médita sur la lettre qu'il transportait. Puisque Poole n'avait pas reçu la lettre, elle était, de toute évidence, arrivée par la porte du laboratoire. Il était même possible que Hyde l'ait écrite dans le cabinet du docteur puisqu'il avait la clé.

Cependant, ce qui tracassait Utterson le plus, c'était l'authenticité de la lettre. Il décida donc d'en discuter avec une personne dont il respectait les opinions, M. Guest, son premier clerc et employé de longue date.

Après avoir demandé qu'on allume un feu dans l'âtre de son cabinet, Utterson descendit dans sa cave et choisit une bouteille de vin d'une année particulièrement bonne. Puis, il invita Guest à entrer pour discuter et versa deux verres.

En plus d'être intelligent, Guest avait des passe-temps étranges telle l'analyse des écritures. M. Utterson avait décidé de lui montrer la lettre de Hyde dans l'espoir que ses commentaires sur l'écriture l'aiderait à décider de la marche à suivre.

Le clerc connaissait le Dr Jekyll depuis longtemps et avait sans doute entendu parler des privilèges dont jouissait M. Hyde dans cette maison. M. Utterson ne dissimulait aucun secret à Guest, parce que le clerc ne rapportait jamais les renseignements qu'il avait appris lors de transactions ou par ses propres observations perspicaces.

Bien que M. Guest fut quelques années plus jeune que M. Utterson, il était aussi tranquille et sec que lui et était aussi amateur de vin. Les deux hommes restèrent assis en silence pendant plusieurs minutes, dégustant le vin dans leur verre de cristal.

Il invite M. Guest à discuter avec lui.

Guest fit rouler le vin sur sa langue avant de l'avaler. Il sourit.

— Ah, monsieur! j'ai goûté plusieurs bons vins de votre cave, mais celui-ci, je crois, les surpasse tous!

— Oui, je suis d'accord avec vous, Guest.

Utterson laissa s'écouler quelques instants pour savourer le vin avant de dire:

— Triste affaire que la mort de Sir Danvers, autant pour nous que pour les membres du Parlement.

— Oui, monsieur. Le public est outré par la brutalité du crime, surtout contre un membre du Parlement. Le meurtrier doit être un fou.

Utterson se pencha vers l'avant et parla d'une voix anormalement basse.

— J'aimerais entendre votre avis sur la question après que vous aurez examiné ce document. Il s'agit de l'écriture du meurtrier lui-même et je ne sais pas ce que je dois en faire.

— Vraiment, monsieur? Un autographe du meurtrier? C'est très intéressant.

M. Guest laissa paraître une certaine exci-

Il demande l'opinion de Guest sur la lettre.

tation dans sa voix ou peut-être était-ce l'effet de l'excellent vin que lui avait servi Utterson dans l'espoir d'obtenir toute la collaboration de son clerc.

— Ce document est, bien sûr, strictement confidentiel, dit Utterson en lui remettant la lettre.

Guest déposa son verre de vin et examina attentivement la lettre.

— Cet homme n'est pas fou. Mais son écriture est tout de même étrange.

À cet instant précis, un domestique entra avec un billet. Utterson le lut et le laissa tomber sur la table. Guest l'aperçut.

— C'est de la part du Dr Jekyll, monsieur? demanda-t-il. Utterson hocha la tête. Il me semblait reconnaître l'écriture, poursuivit Guest. S'agit-il d'une lettre confidentielle, monsieur?

— Ce n'est qu'une invitation à dîner. Pourquoi? Vous désirez la voir?

— Juste un moment, dit Guest, alors qu'il posa l'invitation et la lettre côte à côte. Il étudia les deux, hochant la tête plusieurs fois

Un domestique apporte un billet à Utterson.

comme s'il trouvait des points communs entre les deux documents. Enfin, il rendit les deux lettres à Utterson.

— Merci, monsieur. J'ai terminé.

Il y eut alors un silence. M. Utterson réalisa que son clerc était fidèle à lui-même, gardant ses secrets pour lui. Il tapa donc sa main sur le dos de la chaise du clerc et dit:

— Eh bien, Guest, dites-moi tout! Pourquoi avez-vous comparé ces deux lettres. Qu'avez-vous découvert?

— Monsieur, répondit le clerc, il y a une ressemblance intéressante. Les deux écritures sont identiques à bien des égards, sauf que l'une est droite et l'autre penchée.

— Identique à l'exception de l'inclinaison dans les lettres? s'écria Utterson, étonné.

— Oui, monsieur, dit Guest, reprenant ses lunettes.

Mais Utterson n'avait plus envie de boire de vin.

— Il s'agit d'une affaire confidentielle, Guest, dit-il en murmurant.

Guest examine les deux lettres.

Le clerc hocha la tête.

— Je comprends, monsieur. Puis il se leva pour retourner à son cabinet.

Dès qu'Utterson avait entendu le point de vue de Guest sur l'écriture des deux documents, il s'était fait une idée. Et, sitôt que la porte se ferma derrière Guest, il enferma la supposée lettre de Hyde dans son coffre-fort, pour ne plus jamais la ressortir et l'examiner. En fermant la porte du coffre, il se dit : «Personne ne doit savoir qu'Henry Jekyll — mon client et cher ami — a forgé une lettre pour couvrir un meurtre vicieux et déjouer la police!»

Utterson met la lettre de Hyde dans son
coffre-fort.

Le Dr Jekyll sort de son isolement.

Chapitre 11

Le secret du Dr Lanyon

En dépit d'une récompense de plusieurs milliers de livres, Hyde ne fut pas capturé. La police recevait régulièrement des renseignements quant à sa vile existence, sa cruauté et sa violence, mais pas le moindre indice quant à l'endroit où il se cachait. En ce qui le concernait, M. Utterson estimait que la mort de Sir Danvers était le prix à payer pour la disparition du funeste Hyde.

Dès lors que l'influence fâcheuse de Hyde avait cessé, une vie nouvelle commença pour le Dr Jekyll. Il sortit de son isolement et redevint pour ses amis un invité aussi bien qu'un hôte familier. Il redoubla ses actions charitables et joua un rôle actif dans les activités paroissiales. Son apparence avait même changé; il avait un visage plus ouvert et éclairé. Cela dura pendant deux mois, période pendant laquelle Utterson avait pris l'habitude de voir Henry Jekyll presque tous les jours.

Puis, un jour, Utterson su que quelque chose n'allait pas. Il vint rendre visite au Dr Jekyll, mais Poole répondit à la porte en lui annonçant que le Dr Jekyll était chez lui mais ne recevait personne. La même chose se produisit les deux jours suivants. Poole admit que le docteur n'était pas malade, mais qu'il avait donné l'ordre de ne pas être dérangé. Les actions charitables du Dr Jekyll avaient cessé soudainement, ainsi que son bénévolat à l'église. Il ne voyait plus personne et ne sortait plus.

Utterson, à présent troublé par le comportement de Jekyll, décida de consulter le Dr Lanyon, en tant qu'ami et homme de médecine.

Il retrouva Lanyon dans un état terrible. Il s'était affaissé, son teint rosé était devenu livide et son attitude transpirait la peur. Utterson

« Le D^r ne reçoit personne. »

réalisa que Lanyon était en train de mourir.

Le docteur confirma les pensées d'Utterson en hochant la tête lentement.

— J'ai éprouvé récemment un grand choc et je ne m'en remettrai pas. Je ne regrette rien. J'aimais la vie. Mais je pense maintenant que si nous savions tout, nous serions heureux de partir.

— Jekyll est aussi malade, mentalement, dit Utterson. Vous l'avez vu ?

Il savait que les deux hommes avaient réglé leurs différends et étaient redevenus amis durant les deux derniers mois. Lanyon leva une main tremblante et dit :

— Je ne veux plus le voir et je souhaite ne plus jamais entendre le nom du Dr Jekyll, s'écria-t-il. Je le considère comme mort !

— Voyons, Lanyon, dit Utterson gentiment. Nous sommes trois vieux amis. Nous ne vivrons pas assez longtemps pour nous en faire de nouveaux.

— Il n'y a plus rien à faire, dit l'homme agonisant. C'est à lui qu'il faut vous adresser.

Le Dr Lanyon est mourant.

Dr JEKYLL ET M. HYDE

— Il refuse de me recevoir, dit Utterson en haussant les épaules.

— Cela ne me surprend pas, dit Lanyon. Un jour, Utterson, après ma mort, vous comprendrez peut-être toute cette histoire. En attendant, vous pouvez rester ici si vous me parlez d'autre chose que d'Henry Jekyll.

Utterson passa plusieurs heures en compagnie de son vieil ami, mais, sitôt rentré chez lui, il écrivit à Jekyll, lui demandant pourquoi il ne pouvait plus lui rendre visite et ce qu'il pouvait faire pour réparer la rupture avec Lanyon.

Le lendemain il reçut une étrange réponse. La lettre était longue, souvent pathétique, parfois obscure et mystérieuse. Jekyll disait que la rupture avec Lanyon était irrémédiable. Quant à son isolement, il écrivit : «Ne mettez pas mon amitié en doute si vous trouvez souvent ma porte fermée, même à vous. Je me suis attiré un châtiment et je me suis exposé à un péril que je ne peux nommer. Si je suis le plus grand des pécheurs, je suis aussi le plus grand des

Une lettre mystérieuse de Jekyll

malades. Laissez-moi seul, mon vieil ami. Il faut me laisser poursuivre mon chemin dans les ténèbres...»

Utterson ne sut quoi faire de cette supplication. La néfaste influence de Hyde n'existant plus, le docteur était revenu à ses anciens travaux et à ses vieilles amitiés. Quelle était cette nouvelle folie? Utterson ne savait pas comment expliquer cette situation, mais sut en quelque sorte que Lanyon connaissait la réponse.

Lanyon mourut quelques jours après la visite d'Utterson. Une journée après son enterrement, Utterson ouvrit une enveloppe que lui avait laissée le médecin. On pouvait y lire: *Confidentiel. À remettre à G.J. Utterson en main propre. À n'ouvrir qu'après le décès de H. Lanyon.*

À l'intérieur se trouvait une autre enveloppe. Elle était scellée et Lanyon y avait écrit: *À n'ouvrir qu'après la mort ou la disparition du Dr Henry Jekyll.*

Utterson eut le souffle coupé. Oui, c'était encore bien le mot «disparition» qui était écrit

Le Dr Lanyon est enterré.

là, comme dans le testament de Jekyll. Mais dans le testament, cette idée provenait de la sinistre suggestion de Hyde. Quelle coïncidence avait fait en sorte qu'il apparaisse de nouveau sur ce document de Lanyon? Le notaire s'apprêtait à ouvrir immédiatement la lettre, mais son honneur et sa conscience professionnelle l'en empêchèrent. En soupirant, il remit l'enveloppe dans le coffre-fort.

Utterson continua de rendre visite à Jekyll, mais dut se satisfaire des rapports que lui faisait Poole. Le docteur vivait maintenant en reclus et passait le plus clair de son temps dans son cabinet ou dans le laboratoire. Il y dormait souvent et ne parlait à personne.

Après un certain temps, Utterson se lassa du caractère coutumier de ces rapports, et cessa de lui rendre visite. Il ne pouvait aider un homme qu'il n'avait pas le droit de voir.

On the letter: *À n'ouvrir qu'après la mort ou la disparition du Dr Henry Jekyll*

Utterson est tenté d'ouvrir l'enveloppe.

Ils passent devant la «maison du chantage».

Chapitre 12

Une conversation à la fenêtre

Utterson continuait de faire sa promenade du dimanche en compagnie de son cousin Richard Enfield. Au cours d'une de ces expéditions, ils se retrouvèrent dans la rue où se trouvait la porte que Richard avait pointée du doigt. Lorsqu'ils furent de l'autre côté de la «maison du chantage», ils s'arrêtèrent pour la contempler.

— Eh bien, dit Richard, voilà une histoire terminée. Nous ne verrons plus jamais M. Hyde.

— J'espère bien que non, dit Utterson. Vous ai-je dit que je l'ai vu une fois et que j'ai éprouvé le même sentiment de répulsion que vous?

Dr JEKYLL ET M. HYDE

— Je ne vois pas comment il pourrait en être autrement. À propos, cher cousin, j'ai réalisé que cette porte donnait sur l'arrière de la maison du Dr Jekyll.

— Ah! pauvre Jekyll, dit M. Utterson, le visage assombri. Je suis bien inquiet pour lui. Son domestique me dit qu'il passe la plupart de son temps ici, dans son cabinet. Je me demande si... Venez, Richard, traversons la rue.

Toujours consentant, Richard suivit son cousin dans la cour fraîche et un peu humide. M. Utterson s'arrêta devant la fenêtre munie de barreaux de l'étage supérieur et regarda vers le haut. Une personne était assise à la fenêtre, qui était ouverte.

— Tiens, dit Utterson, souriant avec grande satisfaction en faisant un signe de la main. Jekyll, est-ce vous?

Le Dr Jekyll regarda vers le bas, le visage empreint de tristesse. Tel un prisonnier, il prenait l'air à la fenêtre. Reconnaissant Utterson, il leva la main faiblement en guise de bienvenue.

Utterson observe Jekyll à la fenêtre.

— Vous allez mieux, dit Utterson.

— Je suis faible, Utterson, répondit Jekyll d'une voix lugubre, très faible. Je n'en ai plus pour très longtemps, grâce à Dieu.

Sa voix était à peine perceptible. Richard s'inclina :

— Comment allez-vous, monsieur, dit-il plaisamment. Mon cousin a raison, pourquoi ne sortez-vous pas avec nous ? Vous n'avez besoin que d'un chapeau.

Jekyll soupira longuement.

— Vous êtes bien aimable. J'aimerais bien, mais non, c'est tout à fait impossible. Je n'ose pas.

Jekyll tenta visiblement de se redresser les épaules et de se lever.

— Il n'empêche, Utterson, je suis très content de vous voir. Je vous prierais bien de monter avec M. Enfield, mais la maison n'est absolument pas en état de vous recevoir.

— Eh bien dans ce cas, dit le notaire avec bonne humeur, le mieux à faire est que nous restions en bas et que nous bavardions avec

«Je suis très faible.»

vous de là où nous sommes.

Un sourire triste apparut sur les lèvres du docteur.

— C'est précisément ce que j'allais vous proposer.

Mais à peine ces paroles étaient-elles prononcées que le sourire s'effaça de son visage et fit place à une expression de terreur et de désespoir si atroce que le sang se glaça dans les veines des deux visiteurs de la cour. Ils ne virent cette expression que l'espace d'une seconde, car Jekyll ferma brusquement la fenêtre et disparut.

Utterson et Richard restèrent figés. Ils firent demi-tour et quittèrent la cour sans échanger une parole. Les épaules de M. Utterson s'affaissaient alors qu'ils s'en allaient loin de la porte abîmée. Richard, même s'il était aussi blême que son cousin, était plus jeune et plus fort, aussi passa-t-il une main ferme sous le coude du notaire. Mais ni l'un ni l'autre ne parla. Il n'y avait rien à dire.

Jekyll ferme brusquement la fenêtre.

Poole entre dans le petit salon.

Chapitre 13

La recherche d'une Drogue mystérieuse

Un soir, après souper, Utterson était en train de lire lorsque son domestique entra pour lui annoncer la visite de Poole, qui avait un urgent besoin de lui parler.

— Faites-le entrer, bien sûr, dit le notaire.

Poole entra dans le petit salon, le visage blême et le corps tremblant.

— Au nom du ciel, Poole, dit Utterson. Que vous arrive-t-il? Vous avez l'air malade. Ou bien s'agit-il de votre maître? Venez vous asseoir près du feu.

— M. Utterson, s'écria Poole, il se passe quelque chose d'anormal!

Dr JEKYLL ET M. HYDE

— D'abord, calmez-vous, dit le notaire. Asseyez-vous. Voici un verre de vin. Prenez votre temps et dites-moi quel est le problème. Utterson avait l'habitude de traiter avec des clients agités.

Vous connaissez la façon de vivre du docteur, M. Utterson, dit Poole en obéissant au notaire. Sa manie de se cloîtrer. Il s'enferme dans son cabinet. Et à présent, j'ai peur, et c'est la vérité.

— Peur ? demanda M. Utterson. De quoi ? Poole ignora la question.

— J'ai peur depuis une semaine maintenant.

Sa voix s'éleva.

— Je ne peux plus tenir. Personne ne peut plus tenir.

— Poole, dites-moi exactement ce que vous craignez, dit Utterson d'un ton ferme.

Le regard terrorisé, Poole fixa les yeux interrogateurs du notaire.

— Je pense qu'il se passe quelque chose de louche, M. Utterson, quelque chose de très louche.

Poole craint qu'il y ait eu un crime.

Dr JEKYLL ET M. HYDE

Utterson ne put obtenir de détails du domestique normalement calme, contrôlé et lucide. L'homme était maintenant si terrifié que tout ce qu'il pouvait faire était de supplier Utterson de le suivre et de juger par lui-même. Du coup, Utterson demanda son chapeau et son manteau, observant le soulagement qui se peignit sur le visage de Poole.

C'était une soirée venteuse et froide de mars. La lune était livide, couchée sur le dos comme si le vent l'avait renversée. Le vent rendait toute conversation difficile, donc Poole n'ajouta rien de plus. M. Utterson n'était pas préparé pour ce qu'il allait bientôt découvrir. Cependant, le pressentiment d'un désastre le fit se dépêcher.

Poole frappa discrètement à la porte avant de chez Jekyll. La porte s'entrebâilla, maintenue par sa chaîne. Une voix de femme demanda :

— C'est vous, Poole ?

— Oui. Ouvrez la porte.

Ils entrèrent dans un vestibule brillamment

Ils se dépêchent par une nuit venteuse
et froide.

éclairé et le feu dans l'âtre crépitait. Un groupe de domestiques blottis les uns contre les autres les regardaient avec des visages anxieux. Une bonne pleurait de manière incontrôlable. Et la cuisinière de Jekyll accourut vers eux en se tordant les mains.

— Dieu soit loué! c'est M. Utterson qui est venu nous aider, dit-elle en sanglotant.

— Qu'est-ce que c'est que tout ça? demanda le notaire. Pourquoi traînez-vous tous dans le vestibule?

— Nous sommes tous terrorisés, expliqua Poole.

Puis attrapant une bougie, il ajouta:

— Veuillez, monsieur, me suivre jusqu'au laboratoire. Faites le moins de bruit possible, écoutez seulement. Et si le Dr Jekyll vous demandait d'entrer, n'y allez surtout pas.

Bien que surpris du conseil, Utterson ne fit aucun commentaire. Il suivit silencieusement Poole et monta les marches jusqu'au cabinet.

Poole cogna à la porte et dit:

— C'est M. Utterson, il désire vous voir.

Les domestiques sont effrayés.

Dr JEKYLL ET M. HYDE

Il fit un signe de la main pour inviter le notaire à prêter l'oreille. Une voix se fit entendre à l'intérieur :

— Dites-lui que je ne peux voir personne.

— Très bien, monsieur, répondit Poole et ils rebroussèrent chemin. Monsieur, était-ce là la voix de mon maître ?

— Elle... a changé, dit Utterson en hésitant.

— Changé ? Je crois bien s'écria Pool. Mon maître est mort ! Mais qui se trouve dans le cabinet prétendant être M. Jekyll ? Celui qui l'a tué il y a huit jours ! Nous avons entendu le maître crier puis implorer le nom du Seigneur. Après cela, cette voix étrange commença à répondre à mon cognement et à donner des ordres.

Utterson essuya son front, car l'anxiété le faisait transpirer.

— Cette histoire est mystérieuse, Poole. Qu'est-ce qui pourrait bien inciter son assassin à rester ici ? Ça ne tient pas debout.

— Je peux vous répondre, monsieur, dit Poole. L'individu ou la bête qui se trouve dans le cabinet réclame nuit et jour une espèce de

« Qui se trouve dans ce cabinet ? »

remède. Le Dr Jekyll avait l'habitude d'inscrire ses commandes sur une feuille de papier pour le pharmacien et de la glisser sous la porte. Nous n'avons eu que cela, toute cette semaine, rien que des billets. J'ai dû faire la tournée de tous les pharmaciens de Londres.

— Il doit être en train de préparer une expérience importante. Il n'y a rien d'étrange là-dedans, n'est-ce pas? dit Utterson en haussant les épaules.

— Attendez, monsieur, je n'ai pas terminé. Aucun des remèdes que je ramenais n'était bon. Bientôt, je trouvai un autre papier pour un autre pharmacien, accompagné de l'ordre de rapporter le remède que je venais d'apporter à la maison. On semble en avoir bien besoin, comme vous pouvez le constater.

— Pouvez-vous me montrer un de ses billets? demanda Utterson.

Poole fouilla dans sa poche et tendit une note froissée. En se penchant vers la bougie, M. Utterson lut: «Le Dr Jekyll présente ses compliments à MM. Maw. Je vous informe que votre

Utterson lit la lettre de Jekyll.

dernier échantillon était impur. Il y a deux ans, j'ai acheté une quantité assez importante de ce même remède et je souhaite obtenir la même qualité que jadis. Veuillez fouiller dans votre entrepôt pour retrouver ce même remède. La dépense ne doit pas être prise en considération...»

Jusqu'à ce point, la lettre était bien écrite et le ton était professionnel. Mais à partir de là, l'auteur donnait libre cours à son émotion et on pouvait y lire: «Pour l'amour du ciel, trouvez-moi un peu de l'ancien produit!»

— Voilà un billet bien étrange, dit Utterson en levant les yeux. Mais la lettre n'est pas cachetée. Avez-vous osé l'ouvrir?

— Oh non, monsieur. Je l'ai livré cachetée, mais le vendeur chez Maw était tellement furieux lorsqu'il l'a lue, qu'il me l'a jetée en pleine figure comme s'il s'agissait de quelque immondice. Il a dit que le Dr Jekyll devait cesser de l'embêter, car il lui avait envoyé ses meilleurs produits et n'avait pas l'habitude qu'on les rejette.

Le notaire examina encore plus attentivement le billet dans sa main.

Le pharmacien est furieux contre Poole.

Dr JEKYLL ET M. HYDE

— C'est incontestablement l'écriture du docteur. Vous ne le niez pas, Poole?

— Non, monsieur, dit Poole en soupirant. Cela ressemble à son écriture. Mais à présent, je dois vous raconter la pire partie de l'histoire; j'ai vu cette personne, cette chose, dans le cabinet. Elle s'était glissée dans le laboratoire pour fouiller dans les caisses alors que je venais d'entrer dans le jardin.

— Je vous écoute, Poole, dit Utterson en demeurant immobile.

Il a levé la tête à mon entrée, puis a poussé une sorte de cri. Ensuite, il s'est rué sur les marches et est entré dans le cabinet. Il a claqué la porte très fort.

La voix de Poole baissa, envahie par l'horreur.

— Pourquoi mon maître s'était-il recouvert le visage? Pourquoi a-t-il crié comme un rat et pris la fuite en me voyant?

Poole leva ses mains en signe d'ahurissement.

Utterson tenta de garder son sang-froid, car après tout il avait reçu une formation en droit.

— Voilà décidément de bien étranges

«Pourquoi a-t-il pris la fuite en me voyant?»

manières, Poole. Le Dr Jekyll est de toute évidence en proie à une de ces maladies qui torturent et déforment leur victime. Ce qui explique pourquoi il couvre son visage, l'étrangeté de sa voix et le fait qu'il évite ses amis. Et bien sûr, il cherche désespérément un remède et vous envoie donc de pharmacien en pharmacien. Rien de plus normal que cela.

Poole se redressa et parla fermement, presque sur un ton de défi, sans son humilité et sa politesse habituelles.

— Non, monsieur, je vous dis que non! Cette créature était un nain, et non le grand homme raffiné qu'était mon maître. Cette créature n'est pas le Dr Jekyll! Comment est-ce possible? Non, je vous jure que le Dr Jekyll a été assassiné!

Pendant deux longues minutes, Utterson réfléchit. Enfin, il répondit:

— Si votre conviction est si forte, il ne me reste qu'une chose à faire. Nous devons retourner dans la maison et nous procurer des outils, puis enfoncer la porte du cabinet!

« Cette créature n'est pas le Dr Jekyll ! »

Poole tend le tisonnier à Utterson.

Chapitre 14

L'homme mort

— C'est cela, M. Utterson! s'exclama Poole.
Voilà ce que j'espérais que vous disiez!

— Je m'assurerai, Poole, d'être tenu entièrement responsable de cet acte. Quel outil y a-
t-il ici que l'on pourrait utiliser pour enfoncer la
porte?

— Il y a une hache dans le laboratoire, monsieur. Nous l'utilisons pour ouvrir les caisses.
Voici un lourd tisonnier pour vous.

Poole choisit l'un des outils de l'âtre et le
tendit au notaire. Utterson le soupesa.

— Il s'agit d'une bonne pièce, observa-t-il.
J'espère ne pas avoir besoin de cette protec-
tion, mais je crois que nous ne nous sommes

pas dit tout ce que nous avions sur le cœur.

— Effectivement, monsieur, c'est bien le cas.

— Vidons donc notre sac. Avez-vous reconnu ce visage même s'il était recouvert?

Poole n'hésita pas.

— J'admets qu'il s'est enfui rapidement et était si courbé qu'un autre homme aurait pu ne pas le reconnaître. Mais je sais que c'était M. Hyde. Il ne nous a jamais remis sa clé de la porte du laboratoire. De plus, avez-vous déjà rencontré M. Hyde, monsieur?

— Oui, répondit le notaire, une fois.

— Alors, vous savez certainement que ce monsieur a quelque chose d'étrange. À le voir, il vous donne la frousse.

— Je reconnais que j'ai éprouvé quelque chose de semblable.

— Eh bien, monsieur, lorsque cette créature semblable à un singe a bondi et a couru dans le cabinet, j'ai senti le long de ma colonne vertébrale comme une coulée de glace. C'est ce qui me permet d'affirmer que c'était M. Hyde.

— C'est ce que je craignais depuis le début.

Il craint que Jekyll ait été assassiné.

Dr JEKYLL ET M. HYDE

Ce pauvre Henry a été tué pour son argent.

Utterson regarda les domestiques toujours blottis de l'autre côté du vestibule, en pointa un du doigt et dit à Poole :

— Appelez cet homme.

Le valet de pied arriva sitôt convoqué. En dépit de sa grande taille, il était pâle et agité. Toutefois, il écouta attentivement les instructions de M. Utterson ; il devait s'armer et armer l'un des plus grands garçons de la cuisine de gourdins lourds. Ils devaient se tenir dans la rue et surveiller la porte abîmée au cas où la créature tenterait de s'échapper dans cette direction ou était capable de dominer Poole et Utterson.

— Je vous donne dix minutes pour vous armer et vous poster, dit le notaire.

Après le départ des domestiques, Utterson fit signe à Poole de le suivre. Ils se faufilèrent jusqu'au laboratoire, où Poole trouva une hache. Regardant sa montre, Utterson fit signe qu'il n'était pas encore temps, que dix minutes ne s'étaient pas encore écoulées. Ils entendirent

Des instructions au valet de pied

des bruits de pas provenant du plancher du cabinet.

— Il marche ainsi toute la journée, monsieur, murmura Poole, et la plus grande partie de la nuit. Il ne s'arrête que lorsqu'un nouvel échantillon lui parvient de la pharmacie et cela ne dure pas longtemps. Dites-moi, monsieur, s'agit-il de la démarche du docteur?

Les pas frappaient le plancher, légers et inégaux, avec une claudication perceptible, en dépit de leur lenteur. Ils étaient différents de la lourde démarche d'Henry Jekyll.

— Non, ce n'est pas son pas, répondit Utterson en hochant la tête.

— Une fois, dit Poole, je l'ai entendu pleurer.

— Pleurer? dit Utterson, sentant un frisson d'horreur lui parcourir l'échine.

Les dix minutes étaient à présent presque écoulées; le valet et le garçon devaient être à leur poste. Poole posa la bougie sur la table la plus proche et tous les deux montèrent les marches. Les pas dans le cabinet se faisaient toujours entendre dans le silence de la nuit, mais

Ils montèrent les marches.

lorsque Utterson parla, ils s'arrêtèrent brusquement.

— Jekyll, cria Utterson d'une voix forte, j'exige de vous voir!

Seul le silence lui répondit.

— Je vous préviens, poursuivit le notaire, nous avons des soupçons. J'ai l'intention de vous voir même si je dois enfoncer la porte pour le faire.

— Utterson, dit la voix, pour l'amour de Dieu, ayez pitié de moi!

— Ce n'est pas la voix de Jekyll, dit le notaire. C'est celle de Hyde! Enfonçons la porte, Poole! Il recula pour que Poole puisse brandir sa hache.

Le premier coup ébranla tout le laboratoire, mais ne fit que fendre le bois près de la serrure. Un hurlement strident retentit dans le cabinet. Il était semblable au cri de terreur d'un animal. La hache s'abattit de nouveau, puis encore une fois. Le battant s'ouvrit. Cependant, la porte, tout comme le reste des choses dans la maison d'Henry Jekyll, était très ré-

Poole brandit la hache.

sistante, et ce n'est qu'au cinquième coup que la serrure céda et que la porte disloquée s'ouvrit.

Un moment de silence succéda aux coups bruyants et au fracas. M. Utterson regarda d'un air inquiet à l'intérieur du cabinet et aperçut un bon feu dans l'âtre et la bouilloire qui sifflait. Sur une table, une délicate théière était mise pour le thé. Sur une autre table, il y avait des papiers soigneusement rangés avec quelques flacons de produits chimiques bien étalés.

Utterson pénétra doucement cette pièce silencieuse et confortable et Poole et lui examinèrent les lieux attentivement. Derrière une grande chaise, Utterson aperçut un pied. C'était celui d'un homme gisant le visage contre le sol. Utterson se pencha et le retourna sur le dos.

Poole, qui se trouvait derrière le notaire, s'écria :

— J'avais raison. C'était M. Hyde.

— Oui, répondit Utterson, et il est mort !

Ils découvrent M. Hyde mort !

À la recherche du Dr Jekyll

Chapitre 15

Le Dr Jekyll disparaît

L'homme mort était vêtu d'habits beaucoup trop grands pour lui. Poole fit remarquer qu'il portait l'un des vestons de cachemire préférés du Dr Jekyll. Dans une main, Hyde serrait une fiole de verre écrasée et une forte odeur d'amande flottait dans l'air.

— Un suicide, prononça Utterson. Nous arrivons trop tard, que ce soit pour le sauver ou pour le punir. À présent, la seule chose que nous pouvons faire, Poole, c'est de retrouver le corps de votre maître.

Avec soin, ils inspectèrent le cabinet, ses placards dans les moindres recoins. Ne trouvant personne, ils poursuivirent leur recherche dans le laboratoire. Là, les placards étaient vides ou recouverts de toiles d'araignée intactes et poussiéreuses ; il était donc évident que le corps n'avait pu y être déposé récemment.

— Il pourrait être enterré sous le plancher, suggéra Poole sans trop de conviction. Ou peut-être a-t-il été emmené par la porte arrière et enterré ailleurs.

Toutefois, lorsqu'ils examinèrent la porte arrière, ils s'aperçurent qu'elle était verrouillée et ils trouvèrent la clé dans un coin, brisée et rouillée. Déconcertés, ils retournèrent au cabinet.

Utterson entreprit une fouille méthodique de la pièce, non à la recherche d'un corps, mais d'un indice. Il aperçut un livre ouvert sur la table à thé. C'était un ouvrage pieux pour lequel Jekyll avait exprimé une grande admiration. Utterson y vit annoté, de la main de Jekyll, des blasphèmes, des critiques folles et enragées. Le notaire se tourna, et aperçut Poole en train de s'essuyer le visage en face d'un grand miroir sur pied.

— Je me disais, monsieur, que si ce miroir

Une clé brisée et rouillée

pouvait parler, il nous dirait ce que nous vou
lons savoir.

Utterson hocha la tête.

— Assurément, il a vu de bien étrange
choses et aucune qui ne soit plus énigmatiqu
que sa présence dans un laboratoire. Je me de
mande pourquoi Jekyll l'avait installé ici.

Poole ne répondit rien alors qu'il replaçait s
cravate. Utterson se tourna vers la pile de pa
piers soigneusement rangés et trouva une en
veloppe qui lui était adressée sur le dessus
Lorsqu'il l'ouvrit, trois documents se répandi
rent sur le plancher.

Le premier document était un testament
rédigé dans les mêmes termes excentrique
que celui qui se trouvait dans le coffre-fort d
notaire. Mais à la place du nom de Hyde figu
rait celui d'Utterson.

— Qu'est-ce que cela peut bien signifier
s'exclama le notaire. Jekyll a rayé le nom d
Hyde de son testament et l'a remplacé par l
mien, et Hyde ne l'a pas détruit! Il n'avait pour
tant aucune raison de m'aimer.

Une enveloppe adressée à Utterson.

Dr JEKYLL ET M. HYDE

Le document suivant fit sourire Utterson car il était daté.

— Oh! Poole, s'écria le notaire, regardez, le Dr Jekyll était en vie et se trouvait ici aujourd'hui même. Hyde n'aurait pas pu se débarrasser de lui en si peu de temps. Il doit être encore en vie et doit se cacher.

La joie de Poole se transforma en perplexité.

— Mais pourquoi se cacherait-il, monsieur?

— Ah, voilà une bonne question, Poole. Pouvons-nous prendre le risque de déclarer que cet homme sur le plancher s'est suicidé? Il faut être très prudent pour ne pas entraîner le docteur dans quelque affreuse catastrophe. Écoutez ce qu'il écrit.

Utterson lut le document à haute voix:

Mon cher Utterson, lorsque ces lignes tomberont entre vos mains, j'aurai disparu. Il n'est pas en mon pouvoir de prévoir de quelle manière et pourquoi, mais mon instinct me dit que la fin est proche. Lanyon m'a averti qu'il avait l'intention de vous remettre un document. Lisez le sans tarder. Puis, si vous souhaitez en ap

Il doit être en vie et doit se cacher.

prendre davantage, reportez-vous à la confession que j'ai jointe à cette lettre. De votre indigne et malheureux ami, Henry Jekyll.

Les deux hommes regardèrent sur la table le paquet scellé qui contenait la confession de Jekyll. Le notaire le prit et le mit sans sa poche.

— Je rentre chez moi, Poole, pour prendre calmement connaissance de ce document, dit Utterson. Mais d'abord, je lirai le document du Dr Lanyon, qui se trouve dans mon coffre-fort. Que le Dr Jekyll soit en fuite ou mort, nous pouvons au moins sauver sa réputation. Il est maintenant dix heures, mais je serai de retour avant minuit, et alors nous appellerons la police.

Poole hocha la tête et suivit Utterson à l'extérieur du cabinet et du laboratoire, verrouillant la porte derrière eux. Bien que Poole ait retiré la bouilloire de l'âtre dans le cabinet du docteur, le feu continua à brûler vivement, gardant le corps de l'homme mort bien au chaud.

La confession d'Henry Jekyll

La lecture de la lettre de Lanyon

Chapitre 16

Un visiteur à minuit

En rentrant à la maison, Utterson se rendit immédiatement à son coffre-fort. Il en ressortit le document que lui avait envoyé le Dr Lanyon avant sa mort. Enlevant son manteau et s'asseyant dans une chaise, il lut la première page. L'écriture était gauche, comme si la main de l'auteur tremblait. Utterson y lut ce qui suit :

Cher Utterson, il y a de cela quatre jours, j'ai reçu une lettre recommandée d'Henry Jekyll. Cette lettre, et ce qui s'ensuivit, m'ont fait vieillir et m'ont affaibli à un point tel que je dois prier pour avoir suffisamment de force pour terminer cette lettre. Je vous jure que tout ce que je suis sur le point de vous rapporter s'est produit tel que je vous le dis.

Cela m'a beaucoup étonné de recevoir une lettre de Jekyll, car je l'avais vu la veille pour le souper. Mais puisqu'elle avait été envoyée par courrier recommandé pour empêcher qu'elle ne s'égare, j'ai su qu'elle devait être importante. Le ton de la lettre était très émotif.

Jekyll a écrit :

Mon cher Lanyon, vous êtes un de mes plus vieux amis et bien que nous n'ayons pas toujours été d'accord sur le plan scientifique, jamais je n'aurais hésité à vous aider si vous me l'aviez demandé, tout comme je suis sur le point de le faire. Lanyon, ma vie, mon honneur, ma raison dépendent de vous. Si vous ne répondez pas à mon appel ce soir, je suis perdu.

Aussitôt que vous aurez lu cette lettre, rendez-vous chez moi. Poole, mon maître d'hôtel, a des instructions et vous attend avec un menuisier et un serrurier. Vous forcerez alors la porte de mon cabinet. Vous seul entrerez, irez ouvrir l'armoire sur votre gauche, et sortirez le deuxième tiroir à

Lanyon est surpris de recevoir une lettre
de Jekyll.

partir du haut. Dans la détresse extrême de mon esprit, je ne me souviens pas si j'ai verrouillé le tiroir. Le cas échéant, brisez la serrure.

Le tiroir contient diverses poudres, une fiole et un cahier. Ce tiroir, je vous demande de l'emporter tel quel chez vous. Cela constitue le premier service — et le plus simple — que je vous demande.

Si vous vous mettez en route dès réception de cette lettre, vous serez sans doute rentré chez vous bien avant minuit. Je vous laisse une marge pour les imprévus, et aussi parce que je ne sais pas combien de temps vous mettrez à enfoncer la porte du cabinet. À minuit donc, je vous ai fixé une rencontre avec un messager. Cette heure est appropriée, car vos domestiques seront au lit. Je vous prie de vous trouver seul dans votre cabinet pour accueillir et recevoir mon messager. Vous lui remettrez le tiroir. À ce moment, votre rôle sera terminé et vous aurez droit à ma reconnaissance éternelle.

Si cinq minutes plus tard vous tenez absolument à avoir une explication, vous compren-

Le tiroir contient diverses poudres, une fiole et un cahier

Des instructions écrites

drez que ces dispositions étranges étaient absolument nécessaires et qu'en négligeant la moindre d'entre elles, vous risquiez d'avoir sur la conscience ma mort, ou ma perte de raison.

Imaginez-moi, en cet instant, en un endroit inconnu, accablé par un désespoir que nulle imagination ne saurait exagérer, et pourtant tout à fait conscient que, si vous suivez mes instructions à la lettre, mes ennuis s'évanouiront les uns après les autres comme s'ils n'avaient jamais existé. Rendez-moi ce service, mon cher Lanyon, et soyez le sauveur de votre ami, Henry Jekyll.

P.-S. : J'avais déjà scellé cette lettre dans son enveloppe lorsqu'une nouvelle angoisse s'est emparée de mon âme. Il se peut que la poste me trahisse et que cette lettre n'arrive pas entre vos mains avant demain matin. Dans ce cas, faites votre course demain ; et attendez de nouveau mon messager. Il sera peut-être déjà trop tard ; et s'il ne vient pas de nouveau, vous saurez alors que jamais plus vous ne reverrez Henry Jekyll. »

Jekyll est accablé de désespoir.

Dr JEKYLL ET M. HYDE

La lettre de Lanyon se poursuivit.

Je lus cette lettre désespérée plusieurs fois. J'eus la certitude que Jekyll avait perdu l'esprit. Cependant, jusqu'à ce que la preuve irréfutable m'en soit apportée, je ferais ce qu'il me demandait. Je me rendis directement à la maison de Jekyll. Le domestique attendait mon arrivée avec les deux ouvriers. Il nous mena au cabinet de Jekyll à l'arrière du laboratoire.

Le menuisier hocha la tête lorsqu'il constata la grande qualité du bois de la porte. Mais le serrurier eut son tour d'abord. Heureusement, cet homme était un expert, car la serrure était difficile à faire céder. J'entrai seul, me rendis à l'armoire, sortis le tiroir et le transportai jusqu'au laboratoire. Le domestique le bourra avec de la paille et l'enveloppa d'un drap. Puis, je hélai un fiacre et emportai le tiroir chez moi.

Une fois là, j'entrepris d'en examiner le contenu. Les poudres étaient emballées avec un soin relatif, mais pas avec la finesse d'un pharmacien. Il semblait évident, par conséquent, qu'elles avaient été fabriquées et emballées par

Poole attend Lanyon.

Jekyll lui-même. En ouvrant l'un de ses sachets, j'y trouvai un sel cristallin de couleur blanche.

La fiole de verre était plus intéressante. Elle était remplie à moitié d'un liquide rouge sang à l'odeur forte. Je devinai qu'elle contenait du phosphore et de l'éther mais ne pus reconnaître les autres ingrédients.

Le cahier ne me dit rien. Il ne contenait qu'une série de dates. Le mot « double » apparaissait par-ci par-là et une fois, les mots « échec complet ». Il semblait, comme bon nombre de ses recherches et de ses expériences, n'y avoir aucune utilité scientifique pratique à ce contenu.

Je me suis demandé comment la présence de ces articles dans le tiroir pouvait affecter si profondément la vie de Jekyll. Si son messager était en mesure d'arriver chez moi, pourquoi ne pouvait-il pas se rendre chez le domestique de Jekyll, tout comme je l'avais moi-même fait? Lorsque je me souvins que je devais recevoir ce messager secrètement, je devins nerveux. Malgré tout, j'envoyai mes domestiques se coucher. Puis

Il enveloppe le tiroir.

je chargeai un vieux pistolet afin d'être en mesure de me défendre.

J'entendis mon horloge sonner le coup de minuit en même temps que se faisait entendre un frappement discret à la porte. J'allai l'ouvrir et trouvai un petit homme blotti contre les colonnes du porche.

— Vous êtes envoyé par le Dr Jekyll ? demandai-je.

Il hocha la tête et je lui dis d'entrer. Il jeta un coup d'œil par-dessus son épaule. Un policier se trouvait non loin de là, ce qui sembla faire sursauter mon visiteur. Puis, il entra précipitamment. Je serrai la main plus fermement sur mon pistolet dans ma poche et le menai dans la lumière vive de mon cabinet.

Je ne l'avais jamais vu auparavant. Il était petit, et avait l'air malade; je le détestai sur-le-champ. Une autre personne aurait pu rire, car ses vêtements étaient trop grands pour lui. Il avait retroussé son pantalon pour ne pas qu'il traîne par terre. Il ne pouvait pas ajuster la taille du veston qui tombait en-dessous de ses

Lanyon s'arme.

hanches et dont le col s'étalait sur ses épaules étroites.

Il brûlait d'une grande impatience.

— Est-ce que vous l'avez ? Est-ce que vous l'avez ? s'écria-t-il.

Il alla même jusqu'à me poser la main sur le bras pour que je lui donne la réponse plus rapidement.

Ce contact fit courir un frisson glacial dans mon dos, et je reculai d'un pas.

— Vous oubliez que je n'ai pas encore eu le plaisir de vous connaître. Asseyez-vous, lui dis-je.

Je m'assis moi-même, en essayant de reprendre mes manières habituelles avec mes patients. Mais il fut difficile de retenir l'horreur qu'il m'inspirait.

Je vous demande pardon, Dr Lanyon, répondit-il avec une relative civilité. Mon impatience m'a fait oublier les règles de la politesse. Je viens ici sur les instances de votre confrère, le Dr Jekyll. J'ai compris... Il s'interrompit et porta la main à sa gorge. Je pus constater, en dépit de

«Est-ce que vous l'avez? Est-ce que
vous l'avez?»

son calme apparent, qu'il luttait contre la crise d'hystérie en lui.

— J'ai compris... un tiroir...

J'eus pitié de lui et désignai du doigt le tiroir. Il se trouvait derrière une table et était toujours enveloppé de son drap.

— Le voici, monsieur.

Il se précipita vers le tiroir, puis s'immobilisa. Il posa la main sur son cœur. Son visage reflétait l'appréhension.

Craignant qu'il fut sur le point d'avoir une convulsion, je le prévins doucement :

— Tentez de vous maîtriser !

Il se tourna vers moi avec un sourire terrible. Soudain, fermant les yeux, avec une expression de désespoir sur le visage, il arracha le drap. À la vue du contenu, il poussa un immense soupir de soulagement. Il prit quelques instants avant de se calmer. Puis, il me demanda d'un ton relativement normal :

— Avez-vous un verre gradué en onces ?

Je lui donnai le verre. En me remerciant, il versa le liquide rouge et ajouta une poudre. Le

Son visage reflétait l'appréhension

mélange se mit à bouillonner aussitôt que la poudre fondit. Le mélange vira du rouge au mauve. Soudain, l'ébullition cessa, le mélange fit des bulles et devint vert glauque. Il hocha la tête d'un air approbateur et déposa le verre sur la table.

Se retournant vers moi, il dit :

— Maintenant, j'aimerais entendre votre décision. Me laisserez-vous emporter ce verre et partir ? Si oui, vous n'en saurez pas plus qu'avant, mais l'éternelle reconnaissance du Dr Jekyll compensera votre curiosité insatisfaite. Ou si vous souhaitez que je reste et que je fasse ce que je dois faire, un tout nouveau royaume de savoir scientifique s'ouvrira à vous. Vous posséderez la gloire et la puissance ici même ce soir. Vous serez sidéré par ce que vous verrez. C'est à vous de décider.

En affectant le sang-froid, je lui répondis :

— Je suis venu de trop loin pour ne pas aller plus loin.

— Fort bien, répondit mon visiteur. Lanyon, n'oubliez pas votre serment. Ce qui va être dit ici

Il mélange les poudres et le liquide.

devra demeurer sous le sceau du secret profes-
sionnel.

Il prit le verre.

— Et à présent, vous qui êtes depuis si
longtemps esclave des opinions les plus étroites
et les plus terre à terre, vous qui niez toute vertu
à la médecine hérétique, vous qui tournez en
dérision ceux qui vous sont supérieurs, voyez!

Il porta le verre à ses lèvres et le vida d'un
trait. Il cria, il chancela près de la table, agrippa
le dos d'une chaise et s'y retint, haletant, les
yeux injectés de sang. J'avais l'impression qu'il
enflait, ses traits parurent fondre, se modifier. Je
me tenais immobile, le souffle coupé, contre le
mur, à l'abri de cette scène d'horreur. Puis, je
me mis à hurler. Car là, devant moi – pâle et
secoué de tremblements, tenant à peine debout,
cherchant son équilibre à tâtons, comme un
homme ressuscité des morts – se tenait Henry
Jekyll!

Ce qu'il me dit au cours de l'heure qui suivit
je ne peux me résoudre à le mettre par écrit.
J'ai vu ce que j'ai vu, entendu ce que j'ai en-

«Il le vida d'un trait.»

tendu, et mon âme en frémissait de dégoût. Cependant, maintenant que ce spectacle s'est évanoui de devant mes yeux, ma vie est ébranlée jusqu'en ses fondements.

Je ne peux plus dormir la nuit. Le jour, je suis envahi de terreur. Mes jours sont comptés. Pourtant, je ne peux croire le choc qui m'a envoyé à la mort.

Je ne dirai qu'une seule chose, Utterson. La créature qui est entrée chez moi cette nuit-là était, de son propre aveu, connue sous le nom de Hyde. Et il est recherché par toutes les polices de l'Angleterre pour le meurtre de Sir Danvers Carew. (Signé) Hastie Lanyon.

« Henry Jekyll apparut devant mes yeux ! »

Utterson connaît maintenant la vérité.

Chapitre 17

Les doubles du bien et du mal

Lorsqu'il eut terminé de lire la lettre du Dr Lanyon, Utterson était complètement ébranlé. Il savait maintenant qu'Henry Jekyll n'était pas en fuite à la suite du meurtre de ce personnage horrible gisant sur le plancher de son cabinet. Le monde saurait seulement que le fameux Hyde était mort et que le Dr Jekyll avait disparu dans des circonstances inconnues. Ni l'un ni l'autre de ces hommes ne seraient revus à Londres, bien qu'ils ne quitteraient jamais la pensée d'Utterson.

Utterson réalisa qu'il devait savoir comment était survenu cette tragédie. Il en savait trop pour ne pas continuer ses recherches. Donc,

Dr JEKYLL ET M. HYDE

d'une main tremblotante, il ouvrit le paquet scellé que lui avait laissé Jekyll et commença à lire les mots du docteur :

« Moi, Henry Jekyll, suis venu au monde héritier d'une considérable fortune et d'une bonne famille. J'étais intelligent et travailleur par nature. Mon pire défaut était un besoin de plaisirs que je devais dissimuler, car je voulais à tout prix gagner le respect et l'approbation de tous les hommes. Ainsi, dès un très jeune âge, je commençai à mener une double vie.

Mes activités de jeunesse ne furent pas particulièrement honteuses. En fait, un autre homme aurait pu se vanter de cette grande gaieté et de ces excès occasionnels. Mes aspirations étaient cependant tellement élevées que j'avais honte de mes moindres défauts. Je cachais ces vices, incapables de les admettre devant public. Par conséquent, je me lançai dans une réflexion sur le caractère de l'humanité en général.

Je ne me considérais pas comme un hypocrite – je n'essayais pas d'être quelqu'un que je

La grande gaieté de la jeunesse

n'étais pas. Lorsque je m'efforçais de promou
voir la connaissance ou de soulager les peines
et la souffrance de mes patients, j'étais moi
même. Et lorsque je plongeais dans la débau
che, j'étais également moi-même. Mes recher
ches scientifiques m'entraînèrent vers la vérité
suivante : l'homme n'est pas seulement qu'un
être double, mais un être multiple.

Même avant de commencer mes expériences
pour prouver cette dualité dans l'homme, j'y
pensais. Je souhaitais séparer ces deux iden
tités et les placer chacun dans leur propre
corps. Dès lors, personne ne serait plus jamais
malheureux, tel que je l'ai été. Le bon double
pourrait marcher la tête bien haute, faisant du
bien, et ne pourrait plus être exposé à la dis
grâce qu'amenait son double mauvais. Ce
dernier pourrait suivre son chemin vers la dé
cadence, délivré des aspirations et des remords
de sa bonne personne. La lutte au sein de
l'homme pourrait alors cesser. Il serait libre
d'être ses deux personnes.

Lorsque j'entrepris mes expériences dans

« Il existe une dualité en chaque homme. »

mon laboratoire, je découvris dans certains produits le pouvoir de transformer la chair de l'homme, de l'écarter comme le vent qui souffle sur des rideaux. Pour deux bonnes raisons, je n'écrirai pas la formule sur papier. D'abord, ainsi que mon récit le montrera, mes découvertes étaient incomplètes. Je n'arrivai qu'à atteindre un certain point dans la division de deux personnalités. Deuxièmement, parce que j'ai été amené à comprendre que le fardeau de notre existence ne pouvait être rejeté. Nous ne pouvons être heureux éternellement, sans être touché par des problèmes. Lorsqu'on tente de le faire, on est hanté par un plus grand malheur.

J'hésitai longtemps avant de mettre cette théorie à l'épreuve de la pratique. Je savais bien que le risque était mortel. Finalement, puisque j'avais perfectionné le liquide, je ne pus résister. La fascination d'une telle découverte finit par l'emporter sur toute crainte. J'achetai l'ingrédient final – une grande quantité de sel blanc. À une heure tardive, je mélangeai tous les ingrédients. Ils produisirent une

Jekyll entreprit ses expériences.

espèce de fumée et changèrent de couleur. En
tenant le verre dans ma main, j'hésitai, car je
savais que je pourrais mourir en buvant son
contenu. Enfin, j'absorbai rapidement le
breuvage.

Une douleur terrible me déchira le corps.
J'eus la nausée, puis je me sentis étrange. Ces
sensations ne durèrent qu'un moment et je
revins à moi-même comme si j'avais longtemps
été malade... mais il y avait une différence. Je
me sentis plus jeune, plus heureux et plus léger.
J'étais empli d'une sensation de bien-être. Je
me sentais libre d'être mauvais! Je pouvais
être insouciant et laisser mes désirs interdits
prendre la maîtrise de moi. Cette sensation
était semblable à celle que nous procure le bon
vin, et je l'accueillis avec bonheur.

En étirant les bras, je réalisai que les manches
de mon veston recouvraient mes mains. J'étais
devenu plus petit! En ce temps-là, je n'avais pas
de miroir dans mon cabinet, mais en fis installer
un plus tard. Je marchai donc sur la pointe des
pieds tel un intrus dans ma propre demeure

L'épreuve finale, sur un être humain!

«Je me sentis plus jeune, plus heureux...

... libre d'être mauvais. »

pour ne pas réveiller mes domestiques. À l'abri de tout danger dans ma chambre, je décidai donc de me contempler dans le miroir et vit Edward Hyde pour la première fois.

Permettez-moi de vous expliquer ma théorie, à titre de scientifique, sur la raison pour laquelle Hyde était plus petit et plus jeune que Jekyll. Son corps avait été beaucoup moins entraîné et avait été moins utilisé, car durant les neuf dixièmes de la vie du double, Jekyll avait travaillé fort et son corps avait souffert. Il était devenu un homme fatigué et âgé, alors que Hyde était un jeune homme, prêt à commencer sa vie de criminel.

En me contemplant dans le miroir, je reconnus que le mal était inscrit sur le visage de Hyde en toutes lettres. Mais je n'éprouvais pas la moindre répulsion. Je l'accueillis avec joie. C'était moi-même aussi. Hyde était naturel et humain. De plus, il n'était pas une personne divisée. Il était un être unique.

Je savais que les personnes qui rencontreraient Hyde ressentiraient immédiatement du

Le mal était inscrit sur le visage de Hyde.

dégoût envers lui. Il y a une raison pour cela. Dans tous les humains que nous côtoyons se mêlent le bien et le mal, mais Hyde était purement mauvais, et les gens le ressentaient.

Je ne m'attardai qu'un instant devant le miroir. Me dépêchant à revenir à mon cabinet, je préparai et bus de nouveau ma potion. Henry Jekyll revint... C'était le début.

Si j'avais tenté l'expérience sous l'emprise d'une aspiration plus noble, tout aurait pu être différent. L'un des deux personnages, soit Jekyll, restait un mélange de bien et de mal, alors que Hyde n'était que le mal incarné. Donc, lorsque Hyde fut libéré, mon penchant naturel me conduisit vers le pire côté de moi-même. Tout se dirigeait vers la décadence.

Dès lors, je passai d'une personnalité à l'autre. Lorsque je me lassais de la médecine et de la science ainsi que de mes propres amis, je pouvais immédiatement jouir de la gaieté et de la liberté de la jeunesse sous la forme de Hyde. Je tombai dans une espèce d'esclavage, mais je l'adorais.

« Henry Jekyll revint. »

Dr JEKYLL ET M. HYDE

Je louai la maison de Soho. Je décrivis Hyde à mes domestiques et j'exigeai qu'on lui obéisse en tout temps et qu'il ait la liberté d'utiliser ma maison en mon absence. Je m'assurai même de la sécurité financière de Hyde en faisant de lui mon héritier dans le testament qui choqua le pauvre Utterson.

Je devins ainsi heureux, car je pouvais mal agir sans en payer les conséquences. Peu importe le crime que commettait Hyde, il pouvait être en sécurité quelques instants plus tard sous la forme d'Henry Jekyll, un homme au-dessus de tout soupçon. Ainsi, dépravé, ivre et bestial dans tous les sens, je me précipitai comme un fou furieux dans les rues de Londres sous la forme d'Edward Hyde. Jekyll eut tôt fait de découvrir une manière d'apaiser sa conscience quant à tout ce mal, car seul Hyde était coupable, et non Jekyll.

Bien sûr, Hyde n'était pas toujours entièrement libre des conséquences de ses actes. Il y eut notamment le soir où il commit un geste cruel à l'égard d'une enfant. Sa famille et un

«Je me précipitai comme un fou dans les rues de Londres sous la forme d'Edward Hyde.»

Dr JEKYLL ET M. HYDE

passant étaient tellement en colère contre lui qu'il craignit pour sa vie. Finalement, il acheta leur silence avec un chèque, mais dut utiliser la signature de Jekyll. Le jour suivant, j'ouvris un compte au nom de Hyde et changeai mon écriture. Ainsi, il avait toujours de l'argent lorsqu'il en avait besoin.

Deux mois environ avant le meurtre de Sir Danvers Carew, je rentrais d'une soirée en ville. Généralement, je revenais à Soho et m'endormais sous la forme de Hyde. Mais Jekyll avait un rendez-vous tôt le matin. Je me retransformai donc en Jekyll et dormis à la maison du docteur.

Le lendemain, je me révellai très tôt, me demandant un instant où j'étais. Dans mon demi-sommeil, je croyais que j'allais apercevoir les meubles de l'appartement de Soho. Lorsque je me levai et m'étirai, mon regard tomba sur ma main. Elle était maigre, squelettique et recouverte de poils noirs, alors que la main de Jekyll était grande, ferme et blanche. Je fus pris de terreur! Je bondis hors de mon lit. C'était vrai.

«Mon regard tomba sur ma main.»

Dr JEKYLL ET M. HYDE

Je m'étais endormi sous la forme d'Henry Jekyll et, sans avoir ingurgité le mélange, je me réveillai sous la forme d'Edward Hyde! Je me demandai comment cela était possible. Mais je n'avais pas le temps de spéculer sur des raisons scientifiques. Ce qui importait, c'était de redevenir Jekyll. Mais à présent, les domestiques étaient debout. Et toutes mes drogues étaient dans mon cabinet de l'autre côté de la maison. Je pouvais me voiler le visage, mais j'étais incapable de dissimuler ma petite stature. À ce moment, je me souvins que si je devais rencontrer un de mes domestiques, il serait surpris de voir Hyde dans une partie de la maison qu'il n'avait pas l'habitude de fréquenter. Je me revêtis en hâte. Un mince sourire était affiché sur mes lèvres, car comme Hyde, j'étais plus audacieux que Jekyll ne l'avait jamais été!

«J'étais plus audacieux que Jekyll ne l'avait jamais été!»

«Je pris le petit déjeuner sous la forme
d'Henry Jekyll.»

Chapitre 18

L'homme mort deux fois

Utterson en eut le souffre coupé! Il déposa la lettre un instant pour tenter de s'expliquer les mots d'Henry Jekyll. Mais il ne put résister au document entre ses mains, aussi se remit-il à lire.

«Le fait de regarder dans le miroir de Jekyll et d'apercevoir Hyde allait marquer le début de la fin. Je courus de la chambre au cabinet. Je bus le mélange et, en l'espace de dix minutes, je me re-transformai en Jekyll et m'assis pour le petit déjeuner. Je réalisai alors qu'Edward Hyde était devenu plus fort et je craignis que l'équilibre entre les deux personnalités se bouleverse au profit du mauvais et ce, de manière permanente!

Dr JEKYLL ET M. HYDE

Le pouvoir de la drogue n'avait pas toujours été infaillible. Au tout début, j'avais dû doubler la dose pour devenir Hyde. En une occasion, cela n'avait pas fonctionné. À présent, je devais retenir Jekyll. Je sentais qu'il me fallait désormais choisir entre les «jumeaux». Le Hyde permanent serait méprisé de tous et isolé, mais le Jekyll permanent abandonnerait tous ses plaisirs démoniaques et souffrirait sans ceux-ci. Finalement, je choisis le docteur et pendant deux mois, je fus un homme bon et généreux.

Puis, cela se produisit! Hyde était demeuré si longtemps en cage, qu'il en sortit en rugissant comme un tigre. C'est le soir où il se déchaîna sur Sir Danvers. En le frappant, je sentis un élan d'allégresse et ne pus m'arrêter jusqu'à ce que ma canne se brise. Puis, je réalisai soudainement que j'avais mis ma propre vie en péril. Je courus à la maison de Soho, brûlai mes papiers et pris la fuite. Mais pendant ce temps, je jubilais au souvenir de mon crime. J'entrai dans le cabinet du Dr Jekyll et en fredonnant, je bus la drogue.

« Je brûlai mes papiers. »

Dr JEKYLL ET M. HYDE

Je venais à peine de déposer mon verre que Jekyll tomba sur ses genoux. Je criai et dénonçai mon double horrible. C'était maintenant un fugitif, et il ne pourrait plus jamais se montrer à la porte arrière. Je la verrouillai et brisai la clé sous mes talons.

J'admets que Jekyll s'ennuyait de Hyde, mais je le gardais confiné en moi-même. J'avais trop peur de penser au fait qu'il était recherché dans tout Londres. Mais cet ennui était trop puissant. Un jour, alors que je m'assoyais au soleil sur un banc, dans un parc, un frisson me secoua le corps et pendant un instant je crus que j'allais m'évanouir. Cela passa, mais je pris tout à coup conscience que j'étais envahi par un sentiment d'audace. En baissant les yeux, je vis que mes vêtements flottaient et que c'est la main de Hyde qui attrapait mon chapeau trop grand pour lui.

Ma raison chancela. Puis Hyde, toujours astucieux et audacieux, prit la situation en main, alors que Jekyll aurait certainement abandonné. Je devais me procurer mon remède,

«Je brisai la clé sous mes talons.»

mais j'avais fermé la porte du laboratoire et détruit la clé. Si j'essayais de rentrer par la porte avant, mes propres domestiques reconnaîtraient Hyde et me dénonceraient à la police. J'avais besoin d'aide et pensai à Lanyon.

Bien que je fusse recherché, je pris audacieusement un fiacre jusqu'à un hôtel miteux. J'y louai une chambre et écrivit les lettres, en utilisant l'écriture de Jekyll. Une lettre fut acheminée à Poole et l'autre, à Lanyon. Je les envoyai par courrier recommandé.

Vers minuit, je m'aventurai, blotti dans un fiacre, tout près de la maison de Lanyon. Je marchai rapidement le reste du chemin et découvris que Lanyon avait répondu à mes demandes – il possédait les produits dont j'avais besoin. Mais l'horreur qui se lut sur son visage à cause de mon apparence et de ce que j'avais fait ne fit qu'accroître mon sentiment de culpabilité.

Puis, retransformé en Jekyll et une fois de nouveau en sécurité dans ma propre demeure, je remerciai le Seigneur.

Des lettres adressées à Poole et à Lanyon

Dr JEKYLL ET M. HYDE

Alors que je traversais la cour après le petit déjeuner, je fus de nouveau saisi par le tremblement que j'avais ressenti dans le parc. J'étais en proie à la sensation qui annonçait la métamorphose. Je n'eus que le temps de gagner mon cabinet... et Hyde se tenait là où Jekyll se trouvait l'instant auparavant. Je pris une double dose du remède pour redevenir Jekyll.

Hélas, six heures plus tard, les tourments recommencèrent. À compter de ce jour, je ne pus garder l'apparence de Jekyll que sous l'effet de la drogue. Si je m'endormais la nuit ou somnolais un moment dans mon fauteuil le jour, je me réveillais toujours sous la forme de Hyde. J'étais hanté par la haine et l'horreur qu'il m'inspirait. J'étais au désespoir. Nous étions pris dans un combat mortel, bien que Hyde trouva tout de même le temps de commettre des méfaits. Il griffonna des blasphèmes affreux dans un des livres que j'aimais beaucoup et détruisit le portrait de mon père.

Pendant les quelques heures que je peux encore être Jekyll, j'écris cette confession. Je n'ai

« Il détruisit le portrait de mon père. »

plus aucun espoir de survie, car il ne me reste presque plus de remède. J'ai envoyé Poole partout dans Londres pour acheter une copie du composé chimique original. Aucun n'a eu l'effet escompté. Je suis à présent convaincu que c'est la première livraison qui était impure, et que c'est à cette mystérieuse impureté que mon mélange devait son effet. Ainsi, très bientôt, Hyde commandera ma vie complètement.

Je viens de prendre la dernière portion du mélange original. Je terminerai cette confession et m'assiérai pour quelques instants comme Dr Jekyll. Puis, je mourrai et M. Hyde prendra possession de ma vie, pour ne plus jamais être remplacé par le Dr Jekyll. Que Hyde soit éventuellement pris et qu'il meure entre les mains des autorités, cela ne me concerne pas, mais concerne désormais une autre personne.

Je commence à ressentir un léger tremblement dans mon corps. Voici l'heure venue de la mort d'Henry Jekyll... adieu... ad...»

«Adieu... ad...»

ACHEVÉ   D'IMPRIMER
EN   NOVEMBRE   1997
SUR   LES   PRESSES   DE
PAYETTE   &   SIMMS   INC.
À SAINT-LAMBERT (Québec)